为客天涯

旧城池

郑骁锋 著

广西师范大学出版社
·桂林·

旧城池
JIU CHENGCHI

图书在版编目（CIP）数据

旧城池 / 郑骁锋著. —桂林：广西师范大学出版社，2019.9
（为客天涯）
ISBN 978-7-5598-1917-8

Ⅰ. ①旧… Ⅱ. ①郑… Ⅲ. ①散文集－中国－当代 Ⅳ. ①I267

中国版本图书馆 CIP 数据核字（2019）第 137316 号

广西师范大学出版社出版发行
（广西桂林市五里店路9号　邮政编码：541004）
　网址：http://www.bbtpress.com
出版人：张艺兵
全国新华书店经销
湖南省众鑫印务有限公司印刷
（长沙县榔梨街道保家村　邮政编码：410000）
开本：787 mm ×1 092 mm　1/32
印张：8.75　　　　　　字数：150 千字
2019 年 9 月第 1 版　　2019 年 9 月第 1 次印刷
印数：0 001~5 000 册　定价：52.00 元
如发现印装质量问题，影响阅读，请与出版社发行部门联系调换。

目 录

001 / 序：一个人的攻城略地

001 / 朝天阙　北京·紫禁城

"溥仪先生，你今后是还打算做皇帝，还是要当个平民？"
"我愿意从今天起就当个平民。"

023 / 走麦城　湖北·襄阳、荆州

关羽的挽歌，应该在十三年前，诸葛亮在襄阳与刘备兄弟三人初次相见时就已经唱响。
或许还要更早……

049 / 大兴记　陕西·西安　江苏·扬州

次年五月，李渊登基为帝，立国号为唐，定都大兴。
只是，他将城名改回了"长安"。

073 / 脚底东京　河南·开封

宋亡之后,历代开国之君在选择都城位置时,再没有人会想起开封。
遗忘一座城市需要多久?

097 / 佛眼绀青　山东·青州

虔诚的祷祝,尽管已被岁月侵蚀得斑驳模糊,但还是能清晰地传达出来自千年前,来自血泊与火焰的绝望和希望。

117 / 花戏楼　安徽·亳州

最后的阵地已失,普天之下,已再也寻不出一座属于曹操的庙宇。还不如华佗,有间小小庵堂,木鱼声中,草木暗暗舒展,直到长成属于自己的寒热温凉、酸辛苦甘。

139 / 祈风之城　福建·泉州

一位农夫,通常情况下,对雨水的依赖远远大过风。
而水手则正好与之相反。
这种风雨之间的转变,很可能就是读懂泉州的一个关键。

163 / 龟背之城　江西·赣州

逍遥于泥淖,赣州城做不到,陶渊明的九江同样做不到。
甚至,它们要比其他城市,遭遇更多的金戈铁马,更多的血雨腥风。

181 /　瓯海之城　**浙江·温州**

然而，在很多时候，这种另立山头的修行，也会成为一片土地的原罪。

203 /　出新安　**安徽·徽州**

他们的行囊通常都很简单，不外是几件换洗衣裳，几块充当干粮的米果，几两散碎银子，一根捆绑杂物的长绳——当然，山穷水尽时也可以用来吊死自己。

223 /　停摆江南　**浙江·松阳**

两次漂洗，两次沉淀。到了松阳，一片江南终于铅华尽洗，素面朝天。
越是本色，便越接近本真。

237 /　雪原之下　**吉林·农安、白城、集安、珲春等**

一层又一层，叠压着无数古国的遗蜕。
这片土地的厚重，其实并不逊色于我所居住的江南。

263 /　后　记

序：一个人的攻城略地

你未看此花时，此花与汝心同归于寂；你来看此花时，则此花颜色一时明白起来……

在进入每一个陌生的城市前，我都会想起王阳明的这句话。

他是在回答一位朋友的疑问。那天，他们入山游玩，边走边聊。对阳明提倡的"心外无物"，那位朋友一直有些不以为然，于是随手指着山岩间的一树野花，问道："天下无心外之物，如此花树，在深山中自开自落，于我心亦何相关？"

并无意深究阳明的心学，我只是因为他们的对话而有了这种感觉：似乎眼前出现的所有一切，都是随着我目光流转而一点一点苏醒过来的。我甚至还想象过，未知的前方原本只是无边无涯的荒漠，而随着脚步声遥遥响起，山河、树木、屋宇、车辆，乃至人群，一一破土而出。很快，一个五彩而滚烫的世界在视线尽头向我鲜活地绽放了。

这种想象在穿过昏暗的隧道时尤为强烈，重新出现的强烈阳光总是会令我产生如幻觉般的不真实感。

的确，在此之前，那片土地，那座城池，对我而言，只是阅读时的一个枯槁符号，一个用冰冷数字标注着的遥远坐标。

正如岩中花树，自开自落，完全存在于我的轨道之外。

只是与阳明不同，未见此花时，我的心未能如他一般的寂静，而是日甚一日汹涌着，翻滚着，澎湃着，催促我走出书房，走向车站，去千里万里外，令那一株株原本与我无关的花树"一时明白起来"。

当然，花树在这里只是比喻。更确切地说，使我背起行囊的是一种如春草般放肆的野心：我要跃马扬鞭，去收获一片尽可能广阔的日不落疆域。

"我来到，我看见，我征服。"疾驰的火车上，我经常会不可抑制地反复默诵起凯撒的豪言，并因此把自己的远行，也当作一次又一次攻城略地的征战——虽然，我全部的军队只有我自己一个人，而且很多时候看上去还旅尘满面，疲惫不堪。

"耳得之而为声，目遇之而成色。"我知道，在个人感知的意义上，迈出的每一步，都是将一帧漆黑的底片轻轻踩入显影水。所以我能走多远，属于我的世界便会延伸到多远；从此，身后的土地将永远与我血脉相连，时空共享。

于是，当我将旅行手册由上北下南的地图改换成沉重泛黄的史书——对于版图，在横向扩张的同时，我也在往纵向深挖——这一块块新收编土地上的时间也开始迅速逆流。

就在这穿越于前世今生的孤独行走中，坍塌的城墙重新竖立，朽烂的吊桥再次架起。

逝去的风景一米连着一米，一年接着一年，在眼前依次点亮。

朝天阙

北京·紫禁城

公元1912年秋天，北京皇城正南门下搭起了架子，几个石匠爬上去，小心翼翼地拆下了"大清门"的石匾。但等他们回到地面细细一打量，却都傻了眼。

"大清门"匾的背面，竟赫然刻着"大明门"三字。

石匠是民国政府派出的，他们奉命在辛亥革命周年庆典前把"大清门"的匾额改换成"中华门"。原本大家想得很简单，将原匾翻过来刻上就行，不料这偷工减料的招数早在两百多年前就被人用了。

风化的石匾再无下笔之处，五百年的紫禁城也就苍老成了一具金漆的骨架。

午门洞开。

在"大清门"匾额被换下的98年后，作为众多走马观花的游客之一，我进入了这座以旧宫殿为主要展品的博物院。

站在太和殿前最高的那层汉白玉石台，也就是曾经的丹陛上，我摘掉了五百五十度的近视眼镜，俯瞰着下面巨大的广场。

世界立刻浮动起来，天空因为朦胧显得愈发高旷。数十万块伤残的灰砖在脚下铺成一团苍白的雾气，水流般向对面的太和门平平浸漫开去；而太和门已褪去红墙金瓦的辉煌，只剩下一脉褐色的模糊影子，遥遥地晃动着。

我想体验一把君临天下的感觉，在这座古老中国规制终极、堪称天下建筑之首的宫殿前，用溥仪的视角。与我一样，早在少年时，他的眼睛就已深度近视。

当然，我也知道，溥仪其实并没有很多机会来到太和殿。1912年后，民国政府接管了外朝三大殿，紫禁城被拦腰切断，属于爱新觉罗的，只剩下了乾清门后的半座。那一年，溥仪7岁，而四年前冬天的一个黎明，他被抬到太和殿，在文武百官的朝贺中完成了登极大典。

一切都尘埃落定后，溥仪总结前半生时，关于那个黎明的记忆，一是"天气奇冷"，二是被烦琐的礼仪折腾得不停哭闹，还有就是父亲单膝跪在一边，急得满头是汗，连连哄他"别哭别哭，快完了，快完了"。没料到这几句话果真成了大清亡国的谶语。

戴回眼镜，我努力张望着殿内帝国最高级别的装潢陈列。大殿中央七层高台上的金漆龙纹宝座，令我记起了马未都先生的话。他说皇帝坐龙床其实很难受，就是个坐光板凳的感觉，因为宝座实在太大了，四边都靠不着。我想象着一个三岁孩子孤零零地被捧放在上面的场景：香炉中吐出的烟在身边翻滚缭绕，云里雾里都是鳞爪獠牙。他浑身战栗起来，蜷缩着拼命往宝座深处躲去，可总是触不到边。无意中一仰头，却看到头顶正上方又是一条硕大的蟠龙，须鬣虬张，对着自己狰狞怒视。这时殿外恰巧炸起一记指挥众臣跪拜的响鞭，他终于哇一声大哭起来："我不挨这儿！我要回家！"

在我想象中，这声宝座上的哭喊会被层层放大。就像正常情况下，举行重大仪式时，皇帝只要慵懒地低哼一句，比如"拿去"，边上的两名宦官便会高声接传"拿去"，然后由二到四，由四到八，由八到十六，重重向外接传：拿去、拿去、拿去——最后是三百六十名盔甲鲜明的力士将军在午门两侧齐齐高喝：拿去！！！

"我要回家！我要回家！"

顿时，紫禁城上空乌云低压，隐雷滚滚。匍匐在地的臣工们不由一震，悄悄抬起头来，循着号啕的哭声远远望去。

那幽暗深邃的殿宇正中，若隐若现地闪烁着小小的一粒明黄。

从照片上看，长大了的溥仪很瘦弱，甚至令人感觉到有些怯懦。他自己也承认从小胆就不大："疑神疑鬼，怕打雷，怕打闪，怕屋里没人。"

紫禁城绝对不是溥仪的乐园。因为太监说，皇宫里到处都有鬼，比如景和门外的古井，永和宫内的夹道，一不小心就会跳出来掐你脖子。于是，天黑之后，溥仪便不敢出屋，觉得窗外来来往往的都是鬼魅。

即使不考虑世界大势，这样一位皇帝，能不能守住紫禁城也是一大问题。若是将他与五百年前的先辈、紫禁城的第一任主人明永乐帝朱棣相比较，这种危机尤其显著。

朱棣生得极为雄壮，还有一把汉族人不多见的及腹长须。事实上，他也是有明一朝除了朱元璋外最为强悍的皇帝，甚至比朱元璋更加冷酷。在他的铁腕经营下，明朝国威达到了鼎盛，连后来的康熙皇帝都赞叹他的时代"远迈汉唐"。

本领大，眼界也大，朱棣喜好一切大的东西，越大越好。永乐年间，出现了许多不计成本的大手笔，比如郑和下西洋、《永乐大典》、大报恩寺塔、空前绝后世界第一的阳山碑材等等，修建北京紫禁城也是其中之一。

然而，像朱棣这样一位雄主，住进紫禁城不到半年，也陷入了深深的恐慌当中。

永乐十九年（1421）四月初九，朱棣下了一道"罪己诏"，语气充满了忐忑与焦虑："朕心惶惧，莫知所措……

朕所行果有不当，宜条陈无隐，庶图悛改，以回天意。"

前一天晚上，京师雷雨大作。一声地动山摇的霹雳过后，以太和殿（当时叫奉天殿）为首的三大殿燃起了大火。火势冲天，人力根本无法挽救，朱棣只能眼睁睁看着历经十余年、耗费无数国帑才修建成的崭新宫殿化成了一地黑炭。

这次火灾对朱棣的打击相当大，烈焰和焦烟逼着他再次直面心中那个最可怕的质疑。实际上，自从起兵南下争夺侄儿的皇位那天起，这个疑问一刻也没有离开过他：我朱棣是否真的上应天心，是否真的能做这万民的圣主——这座宫殿，究竟属不属于我？

太和殿是紫禁城南边第一座殿堂。而最北的一座是钦安殿，里面供奉着玄武大帝，那是朱棣最信仰的神祇。野史上说，朱棣起兵誓师时，恍惚见到有位大神披发立于云头，谋士姚广孝说那就是他的师尊玄武大帝；朱棣闻言，立刻也解散了头发，挥舞起宝剑，以呼应玄武。

即便最初只是为鼓舞士气而编造的谎言，说久了连自己也会慢慢相信。北方主水之神，却放任区区几百米外的雷火坐视不救，显然会被朱棣理解为某种暗示。如果再细思下去，火灾当日四月初八，还是佛祖释迦牟尼的诞日。

我们有足够理由去推想那个风雷之夜朱棣的畏惧与绝望。直到三年后病逝，朱棣一直没有重修三殿。在这之后的二十多年间，帝国的核心，煌煌紫禁之巅，竟然一直是一片废墟。这块被殿宇重重拱卫着的空庭，就像一只仰望苍天的独眼，云卷云舒间写满了委屈与困惑。

入清之后，钦安殿与玄武大帝依旧受到皇家的供奉，每到年节，皇帝亲自前来拈香行礼。与明朝不同的是，清朝紫禁城中受飨的神祇队伍更加庞大，除了藏传佛教的佛祖菩萨，还从关外带来了萨满教。皇后的正宫坤宁宫，每天凌晨四点，都要举行奇异的萨满祭祀。仪式的高潮是主持者萨满太太解下腰铃和内裙，用诡异的舞姿跳踉祷祝。为了这场祭祀，每天都要杀猪，血腥油腻的屠宰煮肉场所与帝后的洞房同在一个屋檐下。

前些年故宫大修时，曾从房梁上发现过五块镇殿的符牌，其中之一就在藻井正上方，正反两面都刻满了难以解读的符箓。仰望着太和殿的盘龙藻井，我忽然想到，溥仪中年后虔诚得近乎病态的吃素礼佛打卦扶乩，与朱棣的玄武崇拜，还有清朝诸帝的喇嘛、萨满符牌，也许本质没什么不同，都是一种对自己的鼓劲、安慰，甚至欺骗，以抵御来自这座宫殿不可想象的巨大压力。

三大殿焚毁后,不满迁都的大臣乘机纷纷上书,说这次火灾就是因为朱棣擅改祖制而遭上天示警。朱棣震怒,命令他们统统跪在午门外对辩,最终以反对者屈服认错,并囚死一人收场。

从侄子手里夺得皇位的朱棣,只是对自己是否符合正统信心不足,对北京与紫禁城,却从来没有产生过丝毫怀疑。从南京迁都北京,不仅是为了摆脱父亲与侄子两代皇帝的阴影,也不仅是天子守国门的军事布置,更是翻遍版图后深思熟虑的决定。

站在今天的角度,我们当然可以看出建都北京符合了十二世纪后整个中国政治中心东移北上的历史趋势,但当时最令朱棣动心的,应该还是北京的风水。

关于北京风水的绝妙,给我印象最深的有一个比喻和一句惊叹。比喻是说北京有"挈裘之势"——整个中国被比作了一件裘衣,只要拎起北京这个领口,就能轻松提起裘皮大衣。

至于那句惊叹,出自比朱棣还早上八百来年的杜牧。这位著名的诗人下了马,一踏上这块土地,便敏锐地感到了来自脚底深处的躁动。他环顾四周,身子不由自主地开始颤抖起来,半晌之后,慨然叹道:"如此形胜,王不得不王,霸不得不霸——难怪当年安禄山得了它,搅得天翻地覆!"

北京"不得不王"的皇气,经过一代又一代人的重复强化,终于将紫禁城托举到了人间的顶点。

天干地支时辰方位,长短不一的指针飞速转动,最终,所有的针尖都指向了同一个焦点。在紫禁城中,人们如愿以偿地找到了帝国最隐秘的心脏,或者用术语说:龙穴。明嘉靖年间,世宗皇帝朱厚熜在"龙穴"之上修起了一座四角攒尖鎏金宝顶的宫殿,依据天地阴阳在此升降交会之意,取名交泰殿。

乾隆以后,这里成为存放国玺的地方。国玺一共有二十五枚,这个数字是乾隆皇帝亲自定下的。他曾经向上苍默祷,祈求他的大清能够享国二十五代,就像历史上传承最久的周王朝那样。

二十五枚国玺都用宝匣收贮,覆盖黄绸依次排列。宝匣连台座有半人多高,远远望去,就像端坐着的二十五位皇帝——这就是与朱棣纠缠一生的正统在人间的现形。国玺正中,围着一个空空的宝座。

我想,紫禁城中,对皇帝压力最大的,或许就是这个相比太和殿要简单得多的宝座。而当他坐在上面远眺时,内心深处的虚弱可能还会瞬间放大很多倍。

交泰殿的正前方是乾清宫。而乾清宫正中,高悬一块"正大光明"匾。谁都知道,自雍正开始,匾后狭仄而落满灰尘的阴暗夹隙内,就存放着王朝最大的秘密。被封在匾后那个小匣内的诏书,简短而明确,寥寥几行文字就决定了宝座的传承,居高临下,不容置疑。

"正大光明"与秘密立储,只隔着薄薄的一块木板。匾额用正反两面时刻提醒着每一位继承者,他能够坐上宝座,很大程度上只是幸运与偶然,而绝不是因为生来就是真命天子。

这种提醒,对于明主,能转化为一种务实,比如雍正。清宫有个"赐福"的惯例,每逢年节皇帝都会书写一些吉利的文字赏赐大臣,而得到赏赐的大臣照例要前来谢恩。雍正却下诏免谢,说这不过是政务闲暇时随便写写,我又有什么能力将福气赏赐给你们呢?

但更多时候,这种源自正统的拷问却无异于噩梦,尤其是对于来路暧昧的帝王。朱棣的不修三大殿便是一例。袁世凯——如果把他也算作是宝座上的一位过客的话——也有过一个笑话。太和殿藻井盘龙口中所衔的银球,名曰"轩辕镜",原本正对着宝座,传说如果宝座上坐着的不是真龙天子，它便会坠下砸死僭越者。袁世凯窃国登基，心中惴惴，竟命人将宝座后移了三米多；直到今天，太和殿内的宝座还是安放在他坐过的位置上。

不过这应该只是附会，人们后来在一张1900年拍摄的太和殿内景照片上看到，早在袁世凯称帝的十六年前，宝座就已经避开了轩辕镜——这是否出自更早一位有着类似心理的皇帝呢？

或者，最明白所谓的天子是什么玩意的还是那些在史书上留不下名字的太监宫女。他们对皇帝太后们的熟悉程度足以精确到每一枚龋齿每一个痔疮。

至少他们知道如何最有效地帮吃撑了的小皇帝解除痛苦。溥仪回忆，每当他进食太多消化不良时，就会有两个太监一左一右提起他，打夯似的在砖地上蹾。

他还记得直到八九岁时，只要自己心情不好想发脾气，太监们就会把他推进一间小屋里关禁闭，无论他怎么叫骂、踢打、央求、哭喊，也没人理他，直到闹乏了才被放出来。

"万岁爷心里有火，唱一唱败火吧！"

根据风水学说，撑起整个帝国的脊梁，也就是传说中龙脉的主干，应该是一条贯穿南北的中轴直线。因此，紫禁城最重要的建筑，前朝三殿后寝三宫，都依次建立在这条直线上。其中，后三宫之首的乾清宫，从朱棣时期开始就是皇帝居住与处理日常政务的所在。从这个意义上说，这里才是帝国真正的权力中枢。

然而雍正即位后，却没有入住乾清宫，而是搬到了西侧的养心殿。他解释说是因为父亲康熙皇帝在乾清宫住了六十多年，自己不敢亵渎，因而换了一个寝宫。此后的皇帝继承了他的孝心，直到清朝灭亡，都没有回迁。

说实话，沿着中轴线一重一重大殿过来，拐个弯来到养心殿时，我感到了一种意外，也可以说，是失落。与太和殿、乾清宫等相比，养心殿的规模实在很难让我把它与运转庞大帝国的功能联系起来；尤其是西侧大名鼎鼎的三希堂，面积竟然只有八个平方米，甚至没有我的书房宽敞。

乾清宫面阔九间，进深五间。而养心殿只是一处结构紧凑、相对低矮的工字形庭院，进深面阔都只有三间，整体装潢也朴素得多。殿前没有广场，只是一个普普通通的庭院，院中我还看到了一棵合抱粗的柏树——中轴线上，从午门到乾清宫、坤宁宫，我注意到沿途别说没有大树，简直整理得寸草不生。久违的绿色刹那间令我想到了慈禧不遗余力的修园子，康熙乾隆魂牵梦萦的下江南，还有承德避暑木兰秋狝……

我认为,不敢亵渎先皇住所云云都是掩饰。内心最隐秘处,迁居养心殿,修园出游避暑打猎,统统都有着相同的目的——可能连当事人自己也没有意识到:这都是一种对象征着正统的乾清宫的逃离!就像面对一条不得不但又不知道能不能驾驭的巨龙,他们用各种形式为自己创造着安全的心理距离,而不是冒冒失失地劈头骑跨上去。

换个说法,也就是有意无意之间,来自正统的重压把他们压出了正面受力的中轴线。

潜意识里,对那条似乎无限延伸的中轴线上的巍峨殿宇,是不是每一个皇帝都多多少少有过莫名其妙的排斥和厌恶呢?甚至连康熙都有这种嫌疑——最早想把养心殿当作寝宫的是他而不是雍正,只是碍于"皇帝住宫不住殿"的祖训才不得不作罢。

最好的例子是明武宗朱厚照。正德九年(1514)元宵节,宫中放烟花不慎失火,殃及乾清宫。朱厚照见火起,不但没有下令扑救,反而特意从豹房跑来观看,谈笑风生,兴奋异常,不停夸赞:"好一棚大烟火!"

豢养猛兽的豹房是一个独立建筑,在紫禁城外。朱厚照很抗拒被圈在紫禁城里,即位的第二年就离开皇宫住进了豹房,直到十三年后在那里驾崩。除了无拘无束的狂欢,豹房同时也是武宗治理朝政的办公场所——就像辟有三希堂的养心殿。

风水的基本理论依据是阴阳五行,古往今来,每一座皇宫的修建都会严格遵循阴阳五行学说。无论乾清宫还是养心殿,性质都是内廷,在整个紫禁城系统中,属于阴的区域。

属于阳区的外三殿,一般只用来举行帝国重大仪式,比如登基、大婚、殿试、国宴、命将出师之类。虽然明中期之前,皇帝还在奉天门(即太和门)御门听政,但没坚持几代就流于形式了,怠工偷懒的皇帝一个接着一个,到了万历,干脆二三十年不上朝。清朝入主后,后退五百米,改到内廷大门乾清门听政。不过皇帝真正运筹帷幄的地方,还是乾清宫与后来的养心殿。

御门听政时,君臣都在露天。除了向上天直接传达皇帝的贤明勤政,还标榜为政磊落,一切都可昭显于天日之下。

宋太祖赵匡胤就曾点明这个意思。每次上朝,他都会命人将大殿前面的所有宫门全部打开,不得有丝毫壅蔽。他解释说:"这就像我的心,只要稍微有点邪曲,人们就能够看得到。"

而养心殿的幽蔽,也令我想起了宋朝的仁宗皇帝。有天晚上,仁宗被乐声惊醒,命人查看,得知是宫外的酒楼在饮酒作乐,不仅不生气,反而欣慰地说:"朕作为天下父母,如果能让百姓永远这样就心满意足了!"那一夜,他一直听到曲终人散才重新入睡。根据考古发现,宋朝的皇宫规模其实比紫禁城还要大,但寝宫与市井之间的距离,却要比明清近得许多。

溥仪回忆,入夜的紫禁城十分安静,能听到的通常只有巡夜太监此起彼应的呼声:"搭闩,下千两,灯火小——心——"他说,这种飘荡在黑暗中的声音听起来很凄厉,"把紫禁城里弄得充满了鬼气"。

循着赵匡胤一路巡检,比较皇帝们就寝和理政的场所,可以清晰地得出这样的结论:君权一日日地离阳就阴,一日日地靠近后幕,一日日地走向隐秘——甚至,一日日地走向肃杀。

雍正选择养心殿做寝宫,还有一个原因,那就是它离军机处只有短短五十米;无论是皇帝去军机处,还是军机大臣来养心殿,步行都只要几分钟。

军机处原本为办理军务而设,其实并不是一个平和的名称。而军机处与养心殿同在紫禁城的西侧，五行属金，都主刑杀。正如唐宋的宰相与明朝的内阁，军机处实际上是国家最重要的行政枢纽。为避免掣肘，早在朱元璋手里就废了宰相制度，取而代之的内阁大学士已经降格为皇帝的秘书。而到了军机处，自始至终都是一个非正式的临时机构。如果用距离测算，清朝皇帝对权力的控制足足比明朝高出了二十倍——明朝的内阁与皇帝寝宫之间，还有长达一公里的距离。

也许还不止。传说养心殿与内阁之间，有过一条专用的秘道，虽然至今尚未被找到。但细究之下还是可以看出一些端倪：军机处与宫墙之间，隔着奇怪的两米空隙，而直达养心殿的御膳房墙上，有一块明显的填补痕迹。

在偏离中轴、主刑杀的阴地，皇帝收拢了全部权力，将捆绑帝国的锁链紧抽到了极限，亿万子民的命运被塞入了一条不超过五十米的矮窄密道。

窸窸窣窣穿过密道，来不及呼吸几口新鲜空气，领路太监已轻轻推开了殿门。诚惶诚恐如仪跪拜后，垂手侍立。看似木讷，脑筋却飞速转动，竭力记忆宝座上掷下的每一句指示，连一声咳嗽也不能漏掉，甚至语气的高低起伏都要留下记号，因为这所有的一切，马上都将化成一言九鼎的指令，填写在密道那头已经摊开的空白上谕上。禁宫门外，快马已经挂上了鞍辔，喷着响鼻，正等待着驰向帝国纵横交错的驿道，去编织一张密不透风的大网，勒向睡梦中的山河大地。

当年，养心殿外抱厦的柱子之间有一道红色木板墙，君臣在殿内商谈政务时，严禁任何人靠近，违者格杀勿论；而通过密道传递的文件，绕开了帝国所有的正常机构，由皇帝直接命令当事人，或由地方大员直接密奏皇帝，中间谁也不得拆看，否则也是格杀勿论。

厚厚的板墙把皇帝的声音封藏成梦呓般呢喃的金色咒语，没有人能够看见，隐藏在咒语背后的那张脸上，铁青色的狰狞杀气。

正如密道的消失无踪，皇帝比谁都清楚，什么东西该不动声色地收起来，什么东西该大张旗鼓地摆出去。

原则很简单，那就是出现在世人眼前的，无论白天黑夜、刮风下雨，永远只能是温煦的笑容和灿烂的光芒。

这个原则曾令远涉重洋而来的欧洲画家们头疼不已。因为他们被告知，为皇帝画肖像时，任何时候脸上都不能有丝毫阴影。这一度导致娴熟于光影透视技巧的他们大脑空白，手持画笔茫然失措。

"我必须忘记我曾经过长期学习和工作才学会的东西，而要习惯于另一种绘画方式。"在给同胞的信中，法国人王致诚如此苦恼地抱怨。

阴冷色调的藏匿只是"另一种绘画方式"之一，王致诚们还必须习惯将皇帝的头画得超过正常比例，因为那样看起来会比别人更醒目一些；另外，他们还应该牢记，在正式的画像中，皇帝只能以平板的正面姿势出现，而不能扭头侧身。

供人瞻仰膜拜的皇帝，必须暂时走出偏于一侧的养心殿，端端正正地坐回到那条不偏不倚的中轴线上。

这条中轴线不仅是紫禁城，还是整个中华帝国的精神图腾，容不得任何挑衅。它曾经令第一个进入紫禁城的西方人利玛窦，在向万历皇帝进献《坤舆万国全图》时，费尽心机"翻江倒海"，一笔笔把中国挪到世界的中心。之后四百年，中国人所看到的世界地图，一直沿用这样的布局。

与这一神圣线条配套的，还有无处不见的对称，这种等级森严而又井然有序的建筑方式，在紫禁城中得到了最完美的体现。最终，它使紫禁城平平铺开，匀称和谐，淋漓尽致地彰显出了王者的舒展与雍容。

只是行走在紫禁城中时，这种着眼于平面的舒展，总令我想起与它同时期、西方最流行的哥特式建筑，比如著名的巴黎圣母院、米兰大教堂。

哥特式建筑的特点是用高耸的尖塔、拱顶、长柱等构件，营造出轻盈修长、向上飞升的总体印象。紫禁城给我的感觉却恰恰相反，所有的宫殿都体现着一种沉重向下的趋势——它最为自豪的舒展开阔，换个思维，莫不是也可以看成被从天而降的巨大力量所压成的扁平？

在紫禁城中，几乎每一座重要宫殿前的石台上，我都能看到日晷，浑圆的晷面斜斜朝着天空，无一例外。到后来，这种反复出现的倾斜渐渐给了我一个荒诞的意象，似乎在这里，连时间都被挤压得扭曲变形了。

当然，皇帝们绝不会如此认为。在听了王致诚对西方建筑的介绍后，康熙就曾不无怜悯地评论：欧洲应该是一个很小而又很穷的地方，因为那里没有足够的地面以扩大城市，那里的人被迫居住在空中。普天之下，不可能有哪一国能与朕的国家平起平坐。所以，再精准的钟表，到了朕的宫中，还是需要根据日晷指示，重新校对时差。

奉天殿御朝，上坐定，内使捧香炉，上刻山河之形,置榻前。奏云:安定了。

——《宏艺录》

是的,安定了。有如此重压稳着,山河岂能不安?俯视着脚底无数人头,康熙不禁有一种张开双臂的冲动。

"奉天承运,皇帝诏曰——"

通过紫禁城,从天到天子,再从天子到臣僚,从臣僚到百姓,这股以正统与皇权为名义的重力层层传递,层层下压。

不必遗憾东方皇宫的高度比不过西方教堂,只要跪下身去,每个人身前的宫殿便可拔高一倍。

一切都是有极限的,包括任何一座宫殿。

传说天帝的宫阙是一万间,所以"万"就成了人间建筑绝对不可超越的数字。于是,紫禁城有了号称九千九百九十九间半的至尊规模(据查点实际是8707间)。

同样,紫禁城所能承载的重量也不是无穷无尽的。正如一根稻草压垮一匹骆驼,最后的时刻,往往一点微不足道的分量,都可以将紫禁城的皇脉击得粉碎——就像李自成射向承天门的一支箭或者袁世凯送到养心殿的一纸奏章。

其实很多年前，紫禁城便已经拉响了皇气枯竭的红色警报。与朱元璋26子16女、康熙35子形成明显对照的是明清后期皇帝的子嗣危机。明宪宗"老将至而无子"的哀叹在下一个王朝同样得到了共鸣：从同治开始，清朝最后三位皇帝都没能生育；而同治本人，是咸丰皇帝唯一的骨血。

紫禁城的最大承重，其实在肇建之初就悄无声息地刻在了某块不起眼的基石上。民国初年，北京流传着这样一首民谣：正阳门，连东西；左边亡明，右边亡清。仔细想来，不由得毛骨悚然：原来帝国的尽头几百年来就这么毫无掩饰地书写在每一个人的眼前。

民谣说的是正阳门左右的两个城门，左崇文，右宣武，分别嵌了明清两朝末代年号的头一个字：崇祯、宣统。它们都修建于朱棣的年代。

宣统皇帝溥仪退位是在1912年，不过要到13年后，他才被冯玉祥赶出紫禁城。当时他是从神武门乘坐汽车离开的，神武门背后就是景山，出宫途中，溥仪一定会想起吊死在这座山上的明朝崇祯皇帝。

溥仪应该感到幸运，同样亡国，他的结局无论如何比崇祯要好得多。不过，坐在车上时，他或许还想到了另一个更为迫切的问题：今后他将以什么身份踏入人间？起码，他得考虑，从这一刻起，该怎么称呼别人，而别人又会如何称呼他。

"出宫后，见到年老的要尊称人家翁公，见到年少的要称呼人家伯叔……"望着车窗外刺眼的阳光，溥仪，这位19岁的少年，不由得又记起了明末崇祯帝对即将逃难的太子的最后嘱咐，心中一阵刀绞。

好在很快车就到了德胜桥醇王府，那是16年前他被号啕着抱出的家。陪同父亲一起迎接自己的，还有国民政府负责"驱宫"的军官鹿钟麟。

两人握手之后，鹿钟麟含笑问道："溥仪先生，你今后是还打算做皇帝，还是要当个平民？"

"我愿意从今天起就当个平民。"

当时溥仪还说了另外一些顺应时代的漂亮话。不过在回忆录里他自己坦白，"并非完全是假话"的只有一句：

"当皇帝并不自由，现在我可得到自由了。"

走麦城

湖北·襄阳、荆州

地图：襄阳、汉水、当阳、麦城、长江、荆州

> 以六亩地为池，池中有九洲……（鱼）在池中周绕九洲无穷，自谓江湖也。

由襄阳到荆州，从汉水到长江。这个四月，由北而南纵穿湖北时，我总会莫名地想起这部托名范蠡所著的《养鱼经》。而所经过的古城，则被我想象成鱼池中那些垒成九洲的土堆石块。

江湖只是幻象，天下或许也并不很大。再烈的马，再快的刀，再强的英雄，一辈子也闯不过几座城池。

更逃不出这小小的水塘。

酒馆、咖啡厅、邮局、面铺、裁缝店、学校。这显然是一处闹市。但街巷空无一人，所有的屋舍门窗紧闭，除了自己的呼吸和脚步，还有角落里变压器的轻微嘶响，我听不到其他任何声音。我几乎开始怀疑城中是否存在活物——我好像连一只猫或者狗都没有遇到。

街灯昏浊。我拖着自己的影子，从一团光踱到另一团光。灯光尽处，是一座檐角高挑的门楼。门洞漆黑，暗夜里，就像一只巨兽大张着的嘴——凌晨四点，我独自潜入了酣睡中的襄阳城。

我们与古人的作息想来至少有两小时以上的时差：按照从前的算法，现在是寅时正，已经属于五更天。

夜行的火车在轰鸣声中继续远去。我乘坐的这趟从上海出发的绿皮车，距离终点站重庆还有十二个小时的路程。而载我前来的出租车，在将我送到北街后也已掉头离开。

北街长千余米，保留有不少老屋旧迹，据说自古便是襄阳最繁华的正街。而作为北街起点的北门，则是襄阳城的正门。

襄阳北门的确切名称应该是"临汉门"，因为它面对着汉水：夜色中，那只是一片平平铺开的巨大的黑色空旷，凝神屏气，渊渟岳峙。

襄阳以城池完备著称，东南西三面皆有护城河，其北则以汉水为天然屏障，故而易守难攻，号称"华夏第一城池"。

出了北门，来到汉水边上，我慢慢等待这座古城醒来。

早点铺，清洁工，晨练者，中学生。

就像古时的击八百声晨鼓后开城门通来往，这座湖北第二大城市，以模式化的现代程序次第复苏。

然而，直到八点早高峰，北门门洞被送小孩子上幼儿园的各种车辆堵塞,我仍然没能看到汉水。

大雾弥江。我甚至看不清近岸码头上泊着的游船,眼中只是一片白茫茫的水汽,江面也因此显得更加宽阔无边。我明明知道,对岸就是樊城,同样也有一段古城墙和几个城门。以汉水为界,南襄阳,北樊城,襄阳小,樊城大,本地地名还一度合称为襄樊。但用极了目力,也只能隐约看到遥遥几处新建高楼的楼顶轮廓。西南方向,那座孟浩然隐居过的岘山,更是没有丝毫痕迹。

浓雾笼罩的汉水,给了我一种苍莽而混沌的远古气息。看得久了,我甚至开始莫名地兴奋起来,总感觉到,云水深处,随时都有可能缓缓驶出一艘重甲战船,船头赫然端坐着一位大将,绿袍金甲,赤面长髯。

关羽关云长。

此行我专门为他而来。我关于战船与关羽的想象,也并不全是虚幻。

建安二十四年,即公元219年,八月,襄樊一带连日大雨,襄汉诸水暴涨。

襄樊本是个低洼之地,水道纵横,又属于亚热带季风气候区,四季分明雨量充沛。秋天雨季,江水满溢本也是寻常之事。可这年的水势却来得极其凶猛,几乎是迎风就涨。很快，樊城、襄阳两城就成了汪洋中的孤岛。

然而，这并不是单纯的天灾。事实上，它是以一场经典战役的关键环节被各种史书郑重记载的——在史书上，这场战役被称为"水淹七军"。而指挥官，便是关羽。

建安二十四年七月，蜀汉大将关羽，于驻地荆州起兵，沿汉水北上，围攻曹魏控制的襄阳、樊城。曹操急遣名将于禁、庞德驰救。适逢天降大雨，万水汇注，曹军军营地势较低，大受窘迫。关羽发现曹军旗号不整，人心慌乱，兼以熟悉地形水情，心中已然有数，便派人堰住各处水口，己方则预备好兵船战筏。

当夜风雨疾作，万水汇注，汉江猛涨。关羽趁势掘开堰口，放水一淹，顷刻间平地水深五六丈。曹军正在酣睡，岂料祸从天降，军营被洪峰一卷而空，大半葬身了鱼腹，余得些许残部仓皇逃上河堤。正失魂落魄间，鼓噪声又起——原来是关羽率水军杀到，四面围攻，弓弩乱发。可怜堤上曹军，躲无可躲，逃无可逃，顿成刀俎鱼肉。

这一役，以关羽生俘三万曹军，并活捉主将于禁、庞德而告终。

于禁倒也罢了，眼见大势已去，拱手投降而已。庞德之擒，却值得一说。

甘肃人庞德，因常骑白马，人称"白马将军"，也是一员超级猛将，曾一箭射中关羽兜鍪的前额。关羽放水之后，庞德在河堤上犹督众死战，直至落水被擒。

关羽敬其勇武，好言劝降。庞德却怒目不跪，怒斥关羽，遂被杀。《三国演义》对庞德的叙述更为精彩。说他是抬着棺材出师的，以示决死之心；还说他武功极高，与关羽战有一百余回合，不仅未落下风，还精神倍长。

曹军虽已溃败，但襄、樊二城尚未攻下。

关羽乘胜军之威，向樊城发起了猛攻。此时水势还在上涨，樊城城墙仅余几尺未被淹没；城墙浸水时久，多处开始崩塌，而守城军队只有数千人。

关羽亲自督军，将樊城重重包围，使其内外断绝。眼见樊城已成死局。

而与此同时，互为犄角的襄阳城也被关羽遣将围攻，城内形势同样极其危急。

曹魏军心大乱。附近州郡的守将闻风投降，民众更是纷纷响应，如陆浑百姓孙狼，便杀死曹魏的官员，率众归附关羽。此类义军甚至深入到开封、洛阳等中原腹地，全都接受关羽节制。一时间，关羽的军威如日中天，甚至评论人物极其严苛的《三国志》，写到这一节时也不禁感叹此时的关羽"威震华夏"——我检索过,这四字评语,在全部二十五史中,是唯一的一次。

连曹操都有些慌了手脚。襄樊为江汉入中原的最后门户,一旦有失,后果不堪设想。他越想越觉得许都离前线太近,不安全,情急之下,竟然想迁都远遁,以避开关羽的锋芒。

这其实是一次意义重大的出师。当初刘备三顾茅庐,诸葛亮分析天下大势,就将从荆州开始的北伐预设为夹击直至消灭曹魏集团的两条线路之一:

> 天下有变,则命一上将将荆州之军以向宛(今河南南阳)、洛(今河南洛阳),将军身率益州之众出于秦川,百姓孰敢不箪食壶浆,以迎将军者乎?诚如是,则霸业可成,汉室可兴矣!

凝望着浓雾下的汉江,我忽然意识到,当年诸葛亮为刘备指点江山,也是在这襄樊一带。

襄阳城西约二十里处,绵延丘陵间,忽有一山隆然中起,北枕汉水,林泉幽邃。这地方便是诸葛亮未出山前,隐居耕读的古隆中,亦称"卧龙冈"。

我将视线转向西边，可惜仍然是水雾混沌。在《三国演义》中，那里被描述为："山不高而秀雅，水不深而澄清；地不广而平坦，林不大而茂盛；猿鹤相亲，松篁交翠。"虽然紧邻战场，却俨然是乱世中一世外桃源。

邀请诸葛出山，转眼已是十余年前的事了。此伐襄樊，也算是故地重游，想来关羽也有不少感慨。初见诸葛时，对这个乳臭未干的书生，他其实是相当不以为然的。不料后来的大小局势，却被他测算得分毫不差，蜀汉也在他的筹划下逐渐站稳、壮大——可怜未遇诸葛之前，饶是三兄弟拼了命，也混不出什么名堂，只能到处寄人篱下仰人鼻息，丧家犬一般。

眼见襄、樊唾手可下，宛、洛风雨飘摇，这篇《隆中对》也应该到了收尾的时候。因为《隆中对》，襄阳某种意义上堪称"天下三分"的策源地，那么，同样让它成为"天下三分"的终结地吧。

雨水滴在铜盔上，发出类似于擂鼓的声音。关羽紧闭双眼，独坐船头，宛如一尊石像。终于，雨滴开始稀疏、缓滞。鼓声越来越沉，越来越慢。

随着最后一滴雨铿然坠地，枣红脸上卧蚕眉微微一挑，关羽握紧了腰刀。

那一刻，汉水两岸，所有人都听到了一声战马的长嘶。

当年十二月，关羽来到了洛阳。

确切地说，是他的头颅被送到了洛阳。而他的身体，则被留在了湖北。

关羽被杀，距离他"水淹七军"，只有短短三个多月。

T281次车，11:33襄阳发车，13:39抵达当阳。一百八十余公里，两小时的火车车程并不算快。不过，当我站在当阳站的出站口时，还是有点眩晕。

当然，这是一种心里的感受，一种从山巅坠落谷底的急剧失重感。

正所谓"头枕洛阳，身卧当阳"，关羽的残骸，便被安葬在这座鄂中的小城。

相比襄樊的水汽充沛，当阳给我的感觉要干燥得多。毕竟，这里虽然位于汉水与长江之间，但与两条大江都有并不算短的距离。

这是一块适合陆军作战的平地。当初，赵子龙便单枪匹马，在此七进七出，从数十万曹军中救出了尚在襁褓中的刘禅。张飞喝断当阳桥也是在这里。直到今天，当阳城区还有子龙路、长坂坡的地名，据说长坂坡还是三国战场的原址——我见到的长坂坡是一处甚为繁华的街区，也确然是个长长的上坡，在坡的尽头，十字路口，树了一尊赵子龙的骑马石像。

赵子龙与张飞的遗迹，不由得令我血气上涌精神一振。不过我马上回到了现实：这座城中，除了长坂坡与当阳桥，还有一座麦城；而顺着长坂坡继续北走，三公里外，便是关羽埋身的关陵。

陵区大门甚是恢宏，但游客仅我一人。阳光耀眼，却满眼萧条。来时的出租车上，司机一再劝我改游玉泉寺，说那才是处大景点，关陵只有几座殿，没看头。

他不知道，我已经去过山西运城的关帝祖庙、常平的家庙，河南洛阳葬关公首级的关林。当阳关陵，是我朝拜武圣的最后一座大庙。

的确只是几进殿。坟冢峨然，陵树森然。一把铁铸的丈二青龙刀锈迹斑驳。礼拜鞠躬，再三叹息。

我忽然记起了司机推荐的玉泉寺。《三国演义》里也提到了这座当阳的古寺。说关公被杀后，阴魂不散，每逢月夜，常于此寺显身，在空中厉声高呼："还我头来！"

想来，对于大好战局的瞬间崩盘，关羽至死也难以理解，更莫说服气。

往往都是旁观者清。

于禁被擒、庞德被杀，襄樊被围。就在曹操慑于关羽军威，准备迁都退让时，他的两个幕僚，司马懿与蒋济，却提出了反对意见。

他们其实也没多说什么，只是指了指东南方向。那里湖沼遍地，榛莽丛生，闷热潮湿，散发着春雨、鱼虾、船桨、腐泥、苔藓等水乡所特有的腥气。

江南，孙权的江南。

战利品与贼赃本质上并无多大差异，同样不易均分。赤壁之战后，如何瓜分荆州，一直是孙权、刘备两家最敏感的问题。

荆州，事实上并不只是一座州城，而是块范围广大的行政区域。东汉设置的荆州，由七个郡组成，赤壁曹军战败，退守襄樊，孙刘得了其余六郡。多年以来，两家耍嘴皮动刀枪，总是分割不清，最终勉强以湘水为界：以西的南郡、武陵、零陵归刘备，以东的江夏、长沙、桂阳归孙权。

其实无论哪种分法，孙权都不会满意。对于长江下游的东吴而言，上游的荆州如果受他人控制，无异于在头顶悬了一柄达摩克利斯之剑，永远处于被动，故而处心积虑想要拿在自己手里。对于盟友的这点小心思，关羽再清楚不过。出征前，他也做了周密部署，留下足够的兵力，遣南郡太守糜芳驻守江陵，又派将军傅士仁守公安，互为照应。

"刘备、孙权，外亲内疏；关羽得志，权必不愿也。"

正如司马懿与蒋济的判断，关羽的北伐军一开拔，孙权方面就开始了小动作。首先是他们的荆州辖区守将吕蒙称病，代以年轻将领陆逊。陆逊一到任，便以后辈崇拜者的谦卑口气写信给关羽，极尽仰慕之情，表示自己绝不敢与其为敌。关羽因此逐渐丧失对东吴的警惕，并随着战事吃紧，一批批把留守的军队调至前线。

而与此同时，吕蒙将精兵化装成商人，乘商船白衣渡江。蜀汉守将猝不及防，傅士仁与糜芳先后出降，吴军一举拿下关羽的大本营南郡。

在拜谒完关陵的这天下午，我来到了荆州城，也就是被吕蒙偷袭的南郡。

当阳距离荆州一百二三十公里，两地没有直达铁路，跨县大巴开了两小时。

荆州城始建于东汉，原为土城，南宋始建砖城，现存的城墙为清顺治年间依旧基重建。相比襄阳城，荆州古城规模更为宏大，护城河、城墙、城门、敌台、堞垛保存完整，基本还能围成一圈。我骑自行车绕行城墙一周，大致用了两个小时，符合资料上说的周长二十四里许。

落日缓缓，行人笑闹，绿树杂花丛间循城骑行，眼中的荆州安详而秀美。不过，我知道，这只是荆州的表象。

所有的伤痕都被掩埋在了墙砖底下。我记得读过一则宋人笔记，说荆州城每至更深夜半，墙体常见磷光闪烁，由此也可见此地战事之多，死人之众。

真实的一面往往都不那么好看。比如关羽，青龙偃月刀妇孺皆知，但根据考证，他用的其实是枪矛一类以刺为主的兵器，长柄大刀要到唐后期才出现，而且往往只用于演练；通常印象里，关羽跃马挥刀，威风八面，这也只是想当然：三国时马镫还不普及，骑手在马背上站不住，更不可能用力劈杀，更多时候，马匹只是用来代步冲击，所谓大战多少回合，都是双方下了马在泥地里步战。

更残酷的是，北伐那年，关羽已然年近六旬，而那匹传说中的赤兔马，更可能早已老死。

这个来自黄河岸的男人，在长江边上度过了自己的盛年。

可以说，荆州是关羽生命中最重要的城市。

赤壁之战后，关羽就驻扎于此。刘备与诸葛亮相继入蜀后,他更是独当一面,北拒曹魏,东隔孙吴,成为镇守荆州的主帅。他经营荆州,至少有十年。

城中分别建有关羽的一祠一庙。关羽祠倚城墙依坡而建,相传为当年出征回城的卸甲之处。关庙在南门附近,始建于明初,据说便是关羽镇守荆州时的宅邸旧址,故而亦称关公馆,刮骨疗伤便发生在这里。

这很可能是真的。虽然庙前有一大广场,但荆州关庙紧邻闹市窄巷,且面积也并不太大,殿堂不过三五进,不显巍峨,确实像是大户人家的民居院落。

瞻望山门,我很想知道,那个深夜,当这扇门被粗暴地撞开,蓦然面对杀气腾腾的闯入者时,这座院落里面,人们的表情。

吕蒙得手之后,荆州城中北伐将士的家属,悉数成为俘虏。

也包括关羽本人的亲眷。

洪峰已过,汉水的水位开始迅速回落。曹操不仅没有迁都,反而增派了援军。而樊城与襄阳的守将,也是死命苦撑。关羽的北伐,遭遇了瓶颈。

正僵持间,后院起火的消息传来,关羽惊怒,只得撤围,向南回军。

回师途中，关羽多次派人与吕蒙交涉。对每一位使者，吕蒙都加以厚待，还允许他们在荆州城中自由行走。通过返回的使者，北伐的将士得知，虽然家园沦陷，但孙吴并未为难他们的妻儿老小，所受待遇甚至比原来还好。

关羽的军心迅速瓦解，越来越多的人开始逃亡。队伍行进到当阳时，一支数万人的大军，余下已不足千人。撤围回军，原本是要南下夺回荆州，可在距离荆州只有一日路程的当阳，关羽突然发现，自己竟然由猎人变成了猎物。

前有狼后有虎。关羽自知势孤，断难摆脱曹魏与孙吴的夹击，只得向离他最近的蜀军，即三百多里外的上庸守将刘封、孟达求援——不料二人却以兵力不足为由，拒绝了他。

再无选择，关羽面前，只剩下了一座城池——

麦城。

麦城在当阳的东南方向，距离关陵有二十多公里。

拜谒完关陵后，我原本想到麦城去看看。可关陵的工作人员却告诉我，那里现在完全是一处极其普通的村落，而且位置偏僻，交通也不方便，不值得太折腾。

我在网上找到了麦城的照片。那只是一段被野草遮掩的长条形土堆。据说，这便是地面上仅存的一截残垣。

麦城据传最早是春秋时楚昭王所筑的，至今已有两千五百多年。这么漫长的时间，洪水风沙，一座小城消磨成这样，也属正常。我还猜测，很可能在关羽见到它时，便已是残破不堪了。毕竟，汉末距离春秋，也隔了七百多年。

根据对残留城墙的考古勘测，麦城南北长600米，东西宽100米，只是一座小小的野城。

进驻麦城时，关羽身边只剩下了三百余人。更严重的是，军粮也已然食罄。无兵无粮无援，只有一座风雨飘摇的孤城。而探子来报，吕蒙的军队距离麦城越来越近。

关羽决定突围，赶赴蜀汉西川，借兵回来，再与孙吴算账。

骑上马背时，关羽忽然一阵眩晕。

他连忙稳住身子，接过了周仓递上的大刀。腊月的寒气，瞬间通过刀柄传达指尖，他不由得晃了一晃。

调匀气息，关羽微微颔首，逐一凝视眼前这些最后的部属兵卒，虎目似乎有些晶莹，好像想说些什么，但最终还是没有开口。

良久之后，他终于长叹一声，勒转马首，缓缓踱出城去。周仓不觉脱口而出："将军保重！小心埋伏！"

关羽并不回头,沉声甩下一句:"纵有埋伏,我何惧哉!"语音却有些嘶哑。

说完这话,关羽双腿夹紧马腹,冲入了风雪之中。

关羽的突围,在吕蒙的算计当中。他还料定关羽兵少,不敢走大路,必走麦城正北的小路,预先设下了重兵。

建安二十四年十二月,关羽率数十骑由麦城北门出逃,一路向西突围,然随即于临沮,即今湖北襄阳地区的南漳县,中伏被擒,后拒绝孙权的劝降,与长子关平同时被杀。

这波排山倒海的大浪,最终以血污与泥泞黯然收场。

一场狂风暴雨般的北伐,竟然收尾于几个小喽啰、一条绊马索。

沿着建安二十四年那场洪水退却的方向一路行来,我在为关羽功败垂成而不胜唏嘘的同时,有个困惑在心中越来越大:

关羽七月出师,十二月被俘,整整小半年时间,蜀汉竟然没有任何与此相关的军事动作。

根据诸葛亮《隆中对》的设想,北伐应该是益州出秦川,荆州向河洛,东西两支队伍互相配合,同时行动。而那半年,对于关羽声势浩大的北伐,蜀汉始终表现出一种不合情理的超然：无论水淹七军，还是败走麦城，成都方面似乎都没有反应，既没有扩大战果，也没有组织救援，从头到尾不派一兵一卒，简直像是事不关己。

不仅未遣援兵，甚至当关羽蒙蔽于陆逊的谦卑，放松对孙吴的警惕时，成都方面也没有一句提醒。以诸葛亮之智，不可能不清楚孙吴对荆州的执念。

事实上，关羽是以一支孤军，对抗魏吴两国。

这种反常情形，细思之下，相当诡异。当然，对此历代学者也多有议论，而得出的结论不外乎刘备新得益州，人心未定，自己的后方也不稳固，实在没有余力协助关羽。

一句有心无力惋叹了千年。20世纪初，终于有人提出了不同见解。国学大师章太炎，抛出一个惊世骇俗的观点：襄樊之战，关羽固然战败，但真正将他送上断头台的，正是自家的军师。

章太炎认为，关羽手握重兵坐镇一方，一旦刘备去世，诸葛亮自忖没有把握控制他；因此宁可丢失荆州，也要借助吴人之手除掉关羽。

章太炎的观点不无道理。

作为一方统帅，关羽确实存在巨大的性格缺陷。

关羽最大的特点便是狂傲，目空一切，发作起来，连刘备和诸葛亮的面子都不给。建安十九年，虎将马超来投蜀汉，刘备大喜，当即封他为平西将军，与关羽同级。关羽得知极为不满，当即写信向诸葛亮质问情况。诸葛亮亲笔回书，好生恭维了关羽一番，才平息了这场风波。

建安二十四年，刘备欲提拔老将黄忠为后将军，有了马超的教训，担心关羽不高兴，特地派人前往荆州解释，并同时拜他为前将军。但关羽仍然大怒，扬言"大丈夫终不与老兵同列"，坚决不肯受拜。

甚至连一国之主都不在他眼里。孙权曾经想和关羽做儿女亲家，关羽却把求婚的使者赶了回去，还大骂"虎女焉能嫁犬子"，气得孙权七窍生烟。

关羽还有一个最要命的臭脾气："善待卒伍而骄于士大夫"，也就是说他对待士卒很好，却很不待见士大夫，终年盛气凌人，丝毫不给好脸色：糜芳与傅士仁的投降，便是因为受不了关羽的责罚。

而蜀汉集团中，天字第一号的士大夫，正是诸葛亮。

然而，《隆中对》是诸葛毕生事业之终极，建安二十四年关羽北伐、水淹七军之际，距离他的理想前所未有地接近，他难道会因为刘备身后关羽并未可知的跋扈，而放弃这近在咫尺的成功吗？

我想起了魏延。对这位得到刘备重用的大将,诸葛亮似乎始终有意无意予以压制。如同关羽一样,魏延也属于自视甚高兼心直口快一类,与同僚关系处得相当糟糕,甚至对诸葛亮也相当不满:因为北伐期间,魏延多次申请诸葛亮给他五千精兵,由子午谷直取长安,但诸葛亮却认为此计太过冒险,一直不许;魏延因此自觉怀才不遇,对诸葛亮满腹牢骚,甚至讥笑他胆小。

诸葛亮死后,魏延最终以反叛的罪名被冤杀。杀他的虽然是政敌杨仪,但史书明里暗里,都将诸葛亮视为主谋。演义里更是把诸葛亮与魏延视为一对天生的冤家,两人第一次见面,诸葛亮就要将他推出斩首,理由是他看出魏延脑后长有反骨;而诸葛亮五丈原禳星,关键时刻不小心扑灭命灯的,也是魏延。

不知是否有意,魏延在演义里的形象,被描述成"面如重枣,目若朗星",使的也是一把大刀,俨然又是一位关羽。

或许,在诸葛亮看来,魏延与关羽,只是五十步与百步之别罢了。

顺着杀魏延的思路,我尝试着揣摩诸葛亮可能的心理:

关羽桀骜不驯,势不能留,但隆中对也不能破坏。

关羽的死,必须转化为最大的利益。比如以此为筹码,与东吴谈判,让他们付出代价,送回荆州,最好还能搭上一点利息,比如一两座城池。

当然,吞下肚的肉没那么容易吐出来。但以刘备与关羽的兄弟情深,必然不会善罢甘休,歇斯底里倾国而下,东吴必然畏惧——事实上,刘备以为关羽复仇为名,亲自起兵伐吴之时,孙权方面的确人心惶恐,多有议和退让之意。

拿回荆州后,另择大将镇守。韬晦三五年,待益州充实,再两路齐发。

……

一个念头突然闪过:假如真有过这样一个计划,背后会不会有刘备的影子?

关羽北伐,首尾半年,诸葛亮固然坐山观虎斗,刘备同样没有发出任何声音。这是他对关羽能力的信任,抑或安然于诸葛亮的镇定,还是——

我实在不敢再想象下去。暮春时节,我感觉后背一阵阵发冷。

但我又想起了《梁父吟》。

史籍有关诸葛亮的介绍,往往都少不了这五个字:"好为《梁父吟》。"

这是一曲挽歌:梁父是指泰山下的梁父山,相传为死人的魂魄聚葬之处。而诸葛亮吟诵的是他自己的作品,内容是哀悼"二桃杀三士"。

"二桃杀三士"指春秋时期,齐国有三个勇士,战功显赫,但异常傲慢,难以管教。齐王害怕他们成为祸患,授意宰相晏子去解决。晏子给他们送去了两个桃子,说谁的功劳大就给谁吃。结果三人争功不均,先后自杀。

从词句中可以看出,诸葛亮同情那三位勇士。所有人都清楚,他们其实并没有任何反叛的念头,而只是不服拘束。

正如魏延与关羽。

事实上,换个角度,关羽所谓的诸多性格缺陷,反而大都是可敬爱之处——骄傲,清高,专门挫强,从不凌弱。

他最受人诟病的不识大局,如义释曹操、凌辱孙权,其实只是快意恩仇。天下固然宝贵,情义更是要紧,一口丹田气,绝不容半点憋屈。

桃园结义——刘备是否早已看出,世间只有真情,才是笼络这位红脸汉子的唯一手段?

在古今所有名将中,关羽呈现出一种最舒展、最率性的状态。

起码在他的时代,他是一个极其另类的存在。

一匹赤兔马,一把青龙刀。从过五关斩六将到败走麦城,所有的经典场景,关羽始终孤身一人。他用锋芒毕露的一生,酣畅淋漓地演绎了一种将情怀释放到极致的可能。

"好为《梁父吟》。"

诸葛亮的这张标签,令我感觉到了一种莫大的悲哀。

"臣本布衣,躬耕于南阳,苟全性命于乱世,不求闻达于诸侯。"

我一厢情愿地认为,内心深处,诸葛亮也是向往那种不受任何羁绊,自由而单纯的生活的。他应该很欣赏关羽。但以政治家的理智,他又清醒地认识到,若要做出一番事业,必须形成有严密秩序的组织;而对于任何组织,最需要的不是能力,首先是驯服。

游离在组织外的人,个性越强,能量越大,破坏力也就越大。正如三位自杀的勇士,自古以来,英雄主义总是伴随着悲歌。

关羽的挽歌,应该在十三年前,诸葛亮在襄阳与刘备兄弟三人初次相见时就已经唱响。

或许还要更早：在被取名为"羽"的那一刻，一切就已经注定。

羽者，飞鸟也。任何一只逃逸的鸟，飞得再高，最终也必须被关回笼中。

会不会有这样一幕情景：

其实那半年，诸葛亮每天都会推想关羽北伐的路线。他会为了某场遭遇战的精彩指挥而暗暗击节，也会为了某个包围圈的百密一疏隐隐担忧。很多个深夜，他都会独自坐在沙盘前，想象着自己假如同时出师，现在应该推进到了哪里。而每当有捷报传来，他也会在晚餐时多喝上半碗米酒。

但随着关羽越走越远，他的心情也越来越沉重。他知道自己等待的是什么。

终于，那天探子来报，吕蒙的商船开始出发。

诸葛亮颓然推开地图。不知何时，竟已经泪流满面。

他已经看到了劈向关羽的那把刀。实际上，他的头顶也同样有一把。

即将随着关羽死去的，也有诸葛亮自己的一部分：他曾经放声高歌的青春，他一度激情燃烧的热血——卧龙岗下，他那座小小的草庐。

那曲悲凉的《梁父吟》，不仅为勇士，为关羽，为魏延，也是为晏子与他自己而唱。

关羽的首级，被孙权送给了曹操，曹操以诸侯之礼将其安葬于洛阳；他的身躯，则被孙权依照同样的规格葬在了当阳。蜀汉则为关羽建了衣冠冢。

魏蜀吴三家，以同样隆重的礼仪，来哀悼一位英雄的死去。

抑或说，以丧礼的名义，纪念他们协力绞杀英雄的巨大成功。

只是人算不如天算。当刘备的复仇之军，在夷陵被陆逊一把火烧得七零八落之后，蜀汉的气运其实已经决定。

诸葛亮六出祁山也好，姜维九伐中原也罢，注定只能是镜花水月——失去了荆州的《隆中对》，舞得再好，也不过是半身不遂的独臂刀。

诸葛亮死后的第三十年，魏军攻入成都，他的长子、长孙同时战死沙场。

庞德的儿子庞会也随军入蜀，他杀尽了关羽的后人，以此为父报仇。

关羽一脉，似乎是断绝了。

不过荆州人说，关羽至少还有一个小儿子关索——是他在老家因杀人而逃亡时出生的，长大后才从解州前来荆州投奔父亲。

这位突然出现在荆州的关索，不见于任何史籍，但宋元以来在民间就有极大影响力，连《水浒》都以"病关索"来形容某人的勇猛。

民间传说，关公被杀后，刘备心痛而死，诸葛亮黯然回卧龙岗修炼；关索见父亲事业未成，蜀汉却散了伙，又气又病，也死了。

我更喜欢这个结局。

大兴记

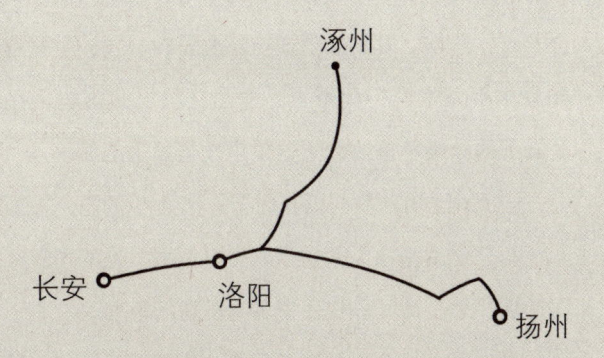

陕西·西安　江苏·扬州

涿州

长安　洛阳　扬州

古墓狭窄，残破，简陋。

这本来是一次普通的抢救性发掘。寥寥无几的殉葬品中，一套十三环金玉带的突兀出现，却令所有的考古人员都倒吸了一口凉气。因为按照礼制，那是天子才能佩用的服饰。

公元2013年4月，一段被有意无意遮蔽的历史，就这样毫无预兆地在江苏扬州市区的一处楼盘工地上重见天日。

江南潮湿的红壤深处，掩埋的是一个穷途末路的中原王朝。那本该是一个伟大而强盛的帝国，却因为这座墓的主人而迅速夭折，并留下了狼藉的名声。

墓主人被确定为隋炀帝杨广和他的萧皇后。一千四百年前，这是整个东亚最有权势的一对夫妻。然而，他们的合葬墓，墓室、耳室和甬道三部分合在一起，也只有区区40余个平方米。一代帝王，身后居然如此落魄，几块临时卸下的床板草草收敛了这位堪比秦始皇的暴君。

公元618年暮春，落花时节，五十岁的杨广被叛军弑于江都，也就是今天的扬州。史书记载，他的遗骸经过多次迁徙，最后被安葬在一个名叫雷塘的地方。

在杨广夫妇合葬墓被发现前，雷塘通常被认为是在今天扬州邗江区槐泗镇的槐二村。清代嘉庆年间，回乡丁忧的大学士阮元,出资为杨广夫妇捐建了一座陵墓,七八年前我还前去凭吊过。

尽管有人精心料理,但整个陵园还是显得很荒凉。我记得当时自己是唯一的游客。围绕着并不高大的陵墓,有一圈矮矮的石墙,上面的碑铭说,墙的样式是仿照隋文帝泰陵修建的,开有四门,分别为青龙、白虎、朱雀、玄武。但环顾四周,却感受不到丝毫皇家气势,简陋的低墙总是让我想起阮元当初"委土一石给一钱"的修陵号召,愈发感觉这座陵墓的寒酸敷衍。

关于雷塘的得名,扬州民间如此传说:杨广下葬时,骤然风雨大作,天雷击碎棺柩,掀尸棺外,连葬三次,连遭三次雷击,雷击之处,水漫成塘。

虽是市井野谈,昭显的却是真正的民心。临死之前,杨广曾经质问叛军,主谋究竟是谁。得到的回答却是:"普天同怨,何止一人?"

杨广遇弑之后,随行亲属大都遭到屠杀,其中包括他第二个儿子杨暕。杨暕向来得不到父亲的宠爱,被处死时以为是炀帝的意思,向他的寝宫方向连声哀求。而叛乱爆发,炀帝的第一反应也是杨暕发难。可怜这对父子,至死还在彼此猜疑。

也难怪他们都会猜错。这场叛乱,原本就缺少一个明晰的策划。被推为首领的右屯卫将军宇文化及,兵变成功之后,还吓得全身发抖。有人前来拜见,他坐在马鞍上连头都不敢抬,只是连声说罪过。

兵变能够成功,全赖于一种弥漫全军、已然不可抑制的朴素情绪——对家乡的思念。抑或说,对一座城池的思念。

直到被杀,杨广在江都总共待了一年又七个月。在他十四年的帝王生涯中,这是在同一个地方停留时间最久的一次。

早在登基之前,杨广就曾经出镇扬州十多年。可以说,他的青年时期,是在江南度过的。他早已习惯了这里的小桥流水与杏花春雨。不过,同样一个江南,杨广视之为温柔乡,对于数万骁果却是一场噩梦。

骁果,即"骁勇果毅",就是扈卫皇帝的御林军,他们绝大部分都是关中人。这群西北汉子一点也不适应南方潮湿而黏腻的气候,而餐桌上永远的鱼虾,更是令他们胃口败坏。在江南,他们烦躁苦闷,寝食难安。

原本他们可以忍耐。因为皇上曾经许诺,很快就会带他们回家。然而,越来越多的迹象表明,杨广在江南的泥淖中越陷越深，似乎浑然忘了自己的诺言。而北方叛乱、故乡沦陷的消息不断传来，愈发令这些水土不服的卫士人心惶惶。

渐渐有绝望的骁果选择了逃亡。同时，各种阴谋与野心也开始悄然发酵，无数谣言如地火般在杨广的宫殿底下迅速蔓延。

江南漫长的雨季，终于耗尽了他们的忠诚与耐心。那个湿漉漉的深夜，一群昔日的卫士刀剑出鞘，闯入了杨广的寝宫。

"你想杀我？"

"臣不敢造反，只是想回老家。"

"天子自有天子的死法，怎么能让你们用刀来宰杀？"

杨广是端坐着，从身上解下一条练巾，交给叛军将自己勒死的。

弑君之后，宇文化及自称大丞相，以杨广的皇后萧氏之名，立杨广的侄子秦王杨浩为帝；随即挟持着萧皇后以及这位傀儡皇帝，率军北归。

这注定是一次极其艰苦的长征，因为他们将终点设置为一座远在关中的城池。而当时"三十六路反王、七十二道烟尘"，天下已然大乱，回归之路，每一步都无异于在刀戟丛中穿行。

然而他们心甘情愿。因为除了故乡的召唤，那座城池还有着特殊的象征。任何指向它的前进，都是一种对伟业的致敬、对太平的憧憬，一种对祖先的皈依。

因为它曾经属于秦皇、属于汉武，曾经诞生过世界东方第一个伟大帝国，曾经承载过中华民族有史以来第一个辉煌盛世。

过去的近千年间，它一直都被称为长安，也就是今天的西安。

碑林、回民街、鼓楼、大明宫遗址、大雁塔、陕西历史博物馆……就像大部分游客，我按照旅游手册上的常规行程，在这座中国最著名的古都走马观花。

当然，最重要的还是城墙。我是在南门登墙的，恰逢景区表演时间，二三十个唐装武士，十几个女鼓手，在瓮城内演练各种队形。类似演出我其实见过不少，很多时候还相当反感。不过不知为何，击响的第一记鼓声便令我难以抑制地想要流泪，而我平时并不是一个感情特别丰富的人。

十多米宽的西安城墙，已然成为一条垒在空中的环城路。墙上租赁自行车，还有绕城一周的电动旅游车。但我选择步行。顺着墙沿徘徊许久，来回走到朱雀门，俯瞰着昔日的大唐帝都，想象开元全盛，想象万国来朝。

明明知道眼前的城墙是明代修建的，但我的思绪还总是被这座城市引导到最高潮的华彩部分。

我马上提醒自己，必须寻找到一个能够使我保持冷静的细小切口。否则，面对这样厚重的顶级古都，很容易成为一个迷失在图书馆的文盲。

因此，我将视线从远处收回，转到脚下，转到城墙最底下的夯土层，转到修建这座城的隋王朝。

很多人或许不清楚，汉王朝的长安，并没有建在秦都咸阳的旧址上。虽然名称一样，汉长安城与隋唐长安城，也不是同一座城市。

公元581年正月，杨坚废北周静帝，即皇帝位于临光殿，定国号为大隋，改元开皇，是为隋文帝。

隋王朝以汉长安城为都。不过，立国之初，隋文帝便筹划着另立新都。因为汉长安城建成至隋，已将近八百年，其间屡为战场，损毁严重。再者久为帝都，聚而不泄，地下水已被污染，不宜人居。此外还与文帝做过的一个噩梦有关——有个雨夜他无端地梦到洪水滔天而来，瞬间淹没了整个长安。

其实只是小小地腾挪了一下。综合各方面利弊，经过慎重考察，文帝将新都的城址选定为汉长安城东南二十里的龙首原之南。

开皇二年（582）六月二十三日，文帝正式颁布营建新都诏书，一项帝国工程，就此拉开序幕。

直到今天，这也应该算是一个奇迹。新都的规模之大，仅从以下几个数据便可得知一二：公元447年修建的东罗马帝国首都拜占庭，面积为11.99平方公里；公元800年修建的阿巴斯王朝首都巴格达，面积为30.44平方公里——在西方，这两座古都的宏伟已被视为不可思议，但文帝的新都，面积达84平方公里，分别是拜占庭的7倍和巴格达的2.7倍。

类似的数据还有：是明清北京故宫的1.4倍，明南京城的1.9倍，元大都的1.7倍，北魏洛阳城的1.2倍，汉长安城的2.4倍……日本奈良藤原京的13倍，日本京都平安京的3.67倍。

尘归尘，土归土。千年之后，这座曾经世界最大的都城，绝大部分都已回归了大地。值得庆幸的是，在残存的遗迹中，我们还能找到它最早的定位坐标。

在朱雀门的城墙上，我极目往南眺望。我知道，那里曾经有过一条将整座长安城左右均分的朱雀大街。

那个坐标，就系在这条以南方神兽命名的中轴线上——"大兴善寺"。

初见山门，我很有些诧异。这座寺庙竟然立在一条相当逼仄的街巷旁，毗邻着一家饭馆，斜对面则是一个开在地下的古玩收藏市场。

我坐在街边的石凳上，看着来往车辆在寺前紧张交会，看着远远近近的高楼和楼厦凹处，看着街对面那陷地如井底般的古寺，怀想着它曾经的辉煌。

我查过史料，大兴善寺，在整个隋唐时期，都是长安城中最庄严的佛寺，殿宇恢宏为诸寺之冠，其中主殿的规格甚至与帝国太庙等同。这座寺也是极其开阔的：南北十一条、东西十四条，互相交错的二十五条大街，将整座长安城分为横平竖直的两市一百零八坊。而大兴善寺，便独占了其中朱雀大街东侧、靖善坊一坊之地。

这样的规划，崇佛还在其次，根本原因是，那块地面，绝对不允许寻常人等居住。

长安的地势并不平坦，东南高西北低，落差有三十多米。此外，由北至南，还有六道隆起的土坡。

杨坚委任的设计师宇文恺，是中国建筑史上的一个传奇人物。他巧妙地将这六道土坡比作六爻，将整座城规划成了一个气宇轩昂的"乾"卦。根据卦相，第二道坡"置宫殿"，第三道坡"立百司"。而第五道岗，也就是"飞龙在天"的"九五"位，由于属于尊贵之地，绝不能让他人占了皇家风水，故而在中轴两侧专门空出两坊，分别放上道观与佛寺镇压。

这就是大兴善寺的由来。

也就是说，根据卦理，只要找准了大兴善寺，也就能找准整座长安城。确切地说，正如寺名，这座都城的正式名称，应该是"大兴城"。

为了纪念杨家从北周"大兴公"封爵开始的帝业，同时也替自己一手缔造的王朝讨个彩头，杨坚将这座倾全国之力建造的新都，命名为"大兴"。

开皇三年(583)三月十八日，隋文帝杨坚率文武官属，正式迁都。

大兴城的壮丽，令杨坚喜不自胜。宫殿楼宇的豪华，甚至令这位一向节俭的中年人隐隐感到不安。不过，他告诉自己，只有这样雄伟的都城，才能够镇得住他的王朝。

东魏西魏，北齐北周，杨坚见过太多的穷途末路，太多的国破家亡。如今，天下落在了自己手里，他绝不甘心轻易再交出去。为此，他还将原来的国号"随"去掉"走字底"，以防止江山长出腿来再次溜走。

将帝国的都城修建得整整齐齐，甚至束以卦象，同样也向天下人宣示着一种扎根到底的决心。然而，杨坚万万没有想到，自己挑选的继承人，第二个儿子杨广，也就是后来的隋炀帝，却彻底背离了他设计的轨道，将帝国的"走字底"，演绎得淋漓尽致。

杨广的现身简直像是神迹。

隋大业五年(609)六月，一夜之间，张掖焉支山山脚，竟然凭空出现了一座巍峨的城池。整个张掖为之轰动，方圆数百里的牧民纷纷赶来顶礼膜拜。

这座从天而降的城池，便是传说中可拆可合，仅侍卫便可容纳数百人的活动宫殿——"观风行殿"；而行殿的主人，自然就是当朝天子杨广。

杨广一生喜好远游，在位首尾十四年，留在都城的时间大约只有五年。游幸次数之多，时间之长，均为前所未有。他还是历代统一王朝中唯一到过河西的皇帝。

隋亡之后，史官总结教训，将耗资巨大的巡游与开运河、征高丽并列为杨广的三大罪状。不过，在杨广的时代，即便贵为天子，旅行也充满了许多艰苦与不便。比如大业五年的西巡，杨广是从一条狭窄处只容单人侧身挤过的峡谷穿越祁连山到达河西的，途中遭遇风雪，还冻死了很多士卒；巡行中风餐露宿更是常事，有时连嫔妃都只能与军人们在山间野营。

为何放弃都城的安全与舒适，不辞辛劳跋山涉水？千夫所指的背后，杨广风尘仆仆的远游，究竟有着怎样不易为人所理解的动机？

那或许可以称为一千四百年前的"万国博览会"。

杨广抵达张掖后，高昌王、伊吾吐屯设等西域几十个国家的国王或者使臣前来谒见，表示愿意臣服。杨广为此举行了长达六天的盛会。

在焉支山脚的草原上，杨广极尽奢华。除了观风行殿，还设置了可容数千人的"千人帐"，行殿和帐篷内都盛陈珍宝文物丝绸锦缎，并设下最高规格的国宴，随行的皇家乐团奏宫廷宴乐助兴，甚至表演了"鱼龙曼延"等大型幻术。

此会杨广耗费巨大，不过，他马上得到了丰厚的回馈：伊吾吐屯设等西域国王当场向隋王朝献地数千里。

诸王献地，固然慑于杨广布置的恢宏场面，也因为就在不久前，他们亲眼看到了吐谷浑的覆灭。

魏晋以来，西域的霸主轮番更替。隋朝初年，吐谷浑风头正劲，最盛时据有今天的青海大部、新疆南部以及甘南川北局部，实为隋王朝在西部的头号劲敌。杨广甫一即位，便开展了对吐谷浑的凌厉打击。大业五年的西巡，其实也是一次清剿吐谷浑的御驾亲征。

焉支山盛会，正是杨广击溃吐部主力、凯旋途中召开的。挟着降伏吐谷浑的兵锋，再刻意用观风行殿、千人帐、珍宝文物来彰显国力，如此恩威并施，终于，杨广的掌心握住了西域数千里的黄沙绿洲。

大业五年六月十八日，焉支山盛会的最后一天，杨广下诏，在吐谷浑故地设西域四郡：鄯善、且末、西海、河源。从此，西域门户再开。

张掖，当年汉武帝以"张国臂掖"而命名。萎缩了三个多世纪后，中华帝国终于再次向西方展开了强壮有力的长臂。

事实上，杨广的巡游，大多带有强烈的政治目的。晋室南渡以来，数百年的分裂，令南北人心背离，屡屡爆发大规模叛乱。正如当初秦始皇统一天下后频频东巡，杨广大摆威仪下江都，同样也是一种对南方豪强的震慑。

除了巡游，他还几乎将整个帝国变成了工地。有学者统计过,仅在位的前八年,杨广便兴修了22项大型公共工程,平均每年要征用民夫400万人次。即位当年,他就下诏营造东都洛阳,虽然广阔不及大兴城,精美却要过之。这是当时除开凿运河外,最大规模的建设。

已有大兴,再造洛阳。直至今日,对杨广此举的评析仍然莫衷一是。反对者认为这是贪图享受;同情者指出为了漕运方便以及控制东方考虑,洛阳确有营建必要;史官则声称,杨广受到了术士的蛊惑,说他是木命,而大兴所在的西方属金,金克木,大大不利,最好在关东另起炉灶。

道德与功利之外,能否如此分析:这座与大兴隔着黄河遥遥对峙的都城,其实是一个儿子对自己父亲不无怨恨的挑战?

抑或说,一座火山在沉默多年后的骤然喷发。

如若依据现代伦理,杨坚绝对是历代帝王中的典范。虽然后宫佳丽如云,但直到独孤皇后去世,他始终不纳嫔妃,故而五个儿子一奶同胞。

杨坚很以自己家庭的纯粹为豪,所有儿子都是亲兄弟这点更令他欣慰,还曾向大臣夸耀,说毕竟血浓于水,应该不会发生嫡庶争斗的人伦惨剧。

然而,上天似乎与杨坚开了一个大玩笑。这五兄弟,均未得到善终。杨广之外，长子杨勇被杨广以杨坚遗诏的名义赐死；老三秦王杨俊，因作风腐化被杨坚下诏责骂，惭怖而卒；老四蜀王杨秀，在驻地僭越骄横，又受杨广栽赃，被杨坚废爵禁锢，后来与杨广一起在江都被杀；老五汉王杨谅，特为杨坚宠爱，杨坚死后造反，兵败出降，被杨广幽禁，活活饿死。

且不提手足相残，便是杨坚本人的死，也留下了很多疑团。尽管欲说还休，但作为一名弑父的凶嫌，杨广还是被史官闪烁其词地登记在案。

虽然说权力会扭曲亲情，但父子兄弟落到如此收场，杨坚有推卸不了的责任。他性格阴鸷，待人严苛，内向沉默又易于发怒，绝不是一位亲切的父亲。可想而知，杨广兄弟们的童年，并不会太快乐。

杨坚扼杀了儿子们所有的兴趣。他本人生活质朴，不苟言笑不好声色——起码在独孤皇后在世时如此——最大的乐趣只是夜以继日地坐朝理事，就像一个古板的老农。但天意弄人，他的几个儿子，却都有浓郁的艺术气质，热爱世间所有美丽的东西。"皇一代"与"皇二代"之间，有着不可逾越的代沟。

在这种家庭氛围中，杨广从小就学会了掩饰自己的欲望。虽然他与大哥一样喜欢时髦的衣服，喜欢漂亮的女人，喜欢美好的一切，但杨坚看到的二儿子，穿衣永远是最素最旧的，侍女也永远是最老最丑的。甚至，他满意地发现，杨广的古琴上落了厚厚一层灰。

可以说，杨广得以继承帝国，靠的正是这份彻底扭曲自己的伪装。而这是一场随时可能被取消资格的长跑，从谋划到即位长达五六年，杨坚眼皮底下的两千多个日日夜夜，那种压抑、恐惧和忐忑，只有杨广自己最清楚。

即使曾经有过亲情，在这场漫长的揣摩与迎合中，也已消磨殆尽。可以推测，作为父亲的象征，杨广眼中的大兴城冷酷而坚硬，越是宏伟，对他压力也就越大。

巡游同样可以视作一种逃离。而巡游间隙的五年中，杨广大部分时间都驻跸洛阳，待在大兴城的时间一年还不到。

从心理学的角度，我完全理解，杨广需要一场酣畅淋漓的舒展，抑或说释放。无论潜意识里对父亲的报复，还是国库里那够用六十年的钱粮。当然，还得加上对这么多年憋屈自己的补偿。

但我也不怀疑，他曾经试图将这种带有怨气的爆发，努力转化为伟大的事业。

从诗文与言谈来看，杨广自视极高，相信自己能超越古往今来所有的君王，甚至相比秦皇汉武也不会逊色；还向天下所有文人发出过挑战，说纵使以考试来决定天子之位，夺魁的依然还将是他。

登基那年，杨广三十六岁，正值人生鼎盛。如同系羁太久的烈马渴望驰骋，他的帝王生涯，注定不会静水深流。

事实上，他一开始就公开了自己的政治理想：

一为"开皇"，一为"大业"，杨坚、杨广各自的年号，已向天下宣告了这对父子选择的历史使命。

只是，这一切换来的，却是一条白练。

"朕有何罪？"

直到生命的最终，杨广心中仍然充满了委屈。

多年以来，他一直在路上。车轮的颠簸令他感觉不到大地的悸动。他或许不会知道，平均每年征用的400万民夫，已经占到了全国人口的十分之一；而开挖运河，男丁不足，竟然连妇人也被驱赶上阵；为了修造征高丽的战船，工匠昼夜浸泡在水中，腰部以下竟长出了蛆虫。

或许，这一切他都知道，但并不在乎。正如他曾经说过的，杨玄感登高一呼，便有十几万人跟着造反，可见天下百姓不能太多，多了就要相聚为盗。

或许，他还认为，百姓之苦确实值得怜悯，然而这却是必要的代价。既然做的是千秋事业，便该竭力而为，绝不能为眼前利弊而犹豫。

尘埃落定之后，历史应该会给这个大兴土木的七世纪初一个交代：的确，杨广对不起自己的时代，更对不起他自己的帝国，然而，他有理由接受后人的感恩。至少，大运河的意义已无须多说。起码，从贞观开元到康熙乾隆，中国历史上最著名的盛世，都夯筑在他不计成本的大手笔上，无一例外。

只是疼痛比恩惠更难以忘却，世人因此往往忘恩负义。

对于自己的结局，杨广实际上早就有了不祥的预感。

大业八年（612）之后，杨广便患了严重的神经衰弱，每夜失眠，必须宫女摇抚着才能入睡。

杨广与他的帝国，在焉支山脚达到了巅峰。结束西巡回到洛阳，已是腊月，杨广本想好好过个春节。但新年，也就是大业六年（610）的正月初一，便有一群白衣白帽的人闯入宫门作乱。虽然闯入者被当场击毙，却也将一件太平的锦衣撕破了一道口子。

之后便是征高丽受挫、杨玄感兵变。严重透支的隋王朝很快暴露了虚弱的脉象，有一次，帝国的御林军竟然遭到了一伙蟊贼的袭击,被抢走四十多匹好马。

"上山吃獐鹿,下山吃牛羊;忽闻官军至,提刀向前荡。"大业七年(611),山东邹平有个名叫王薄的好汉,终于竖起了第一面反抗的大旗。

王薄自称"知世郎",因为他能够洞察天机预见未来。他告诉追随者,杨家气数已尽,江山即将易主。

帝国在下坡路上越走越快,杨广却一筹莫展。他变得越来越容易哭泣,有时候批阅奏章,也会突然失声痛哭,焉支山脚的意气风发荡然无存。

大业十二年(616)新年,皇城的元旦过得相当冷清。已经没有外国使节前来朝见,甚至各郡的朝集使,也缺席了二十多个,因为所有的交通都被起义军截断了。

不过杨广并不在意。现在,他只关心一件事:那些在叛乱中被焚毁的龙舟,修复得怎么样了。

大业十二年七月,杨广第三次下江都。连留守的宫女都看出来了,这次南巡与之前不同,她们苦苦哀求杨广不要离开。杨广也悲伤不已,但他还是登上了龙舟。

事后看来,锦帆升起的那一刻,杨广其实已经选定了自己的归宿。

大业年间,隋帝国其实并存三座都城。东西两京之外,还有一座江都。

如果说,大兴与洛阳,是这对父子各自修行的神庙,那么江都,才是杨广为自己营建的乐园——

瘦西湖,天宁寺,御码头,东关渡,宋门楼。

除了早已寂寥的大运河,我所看到的江都,已经基本找不到多少北宋以前的痕迹了。今天的扬州,大部分古迹,都属于盐商的时代。行走在这座残留着太多康熙与乾隆气息的古城,我始终在思索,为什么一位西北汉子,竟然会有如此深厚的江南情结?

我甚至开始想象他与江南的第一次邂逅。

杨广今年二十岁。

这次征伐陈国的盛大出师,虽然名义上以他为统帅,但真正的指挥官父亲另有安排。他也乐得轻松,好专心看看这片陌生的土地。

记得离开长安时还是冬天,走着走着,冰就化了,花就开了。随着季节转换,杨广感觉心里某个角落痒痒的,像是也长出了一丛野草。

这是杨广第一次来到江南。这位生长于北国的王子,平生第一次看到这么密的水,这么多的桥,这么润的山,这么绿的树。这里的一切,好像都是北方的反面:湿润,温暖,精细,高雅。尤其是这边少女娉婷的腰肢,更是令这位来自黄土原的年轻人怦然心动。

他暗暗嫉妒起了南朝的皇帝陈叔宝,并且这份嫉妒随着他对江南的深入不断增长。每一座建筑都使他流连难去,每一件摆设都令他爱不释手,每一位女子都令他心旌摇曳。他甚至开始觉得,陈叔宝是天底下最聪明、最懂得享受的人。他莫名地觉得自己那位严厉的父皇活得其实很无趣。

一支隐形的箭猝然射中了杨广。从此,他一辈子也无法走出江南用细雨和柳丝编织的网。

无论是因为生活在别处的浪漫,还是陈后主的精致恰好映照出杨坚的鄙俗,总之,这位生活在父亲阴影下的抑郁少年与江南一见如故。之后镇守江都的十年,更是令他们情投意合,他甚至学会了软糯的吴语,还娶了梁朝皇族的后裔为妻。

这对夫妻的恩爱意味深长——开凿运河,除了漕运方面的考虑,难道不能理解为打通南北双方之间所有的隔阂,让长江与黄河的青黄两色真正和解吗?

随着华北与中原局面的不断恶化,杨广的情感天平越来越向南倾。他任命的最高决策层成员,五位大臣中原本就有两名南人,而到了大业末年,这个数字上升到了三席,压倒了北方。

有学者指出,正是杨广对南方不加掩饰的偏爱,引起了其本身所属的关陇集团的不安,进而遭到抛弃。杨玄感之乱如是,宇文化及之弑君亦如是。

自食其果也好,倒果为因也罢,都已经没有意义。那个闷热的初秋,杨广只想早点逃离父亲的大兴与自己的洛阳,逃离那片坚硬的、敌意重重的黄土地。

这位江南的女婿,从来没有如此迫不及待地想念那抹带着鱼虾腥气的青绿。

一场歇斯底里的狂欢就此开始。江都离宫,同样穷极人工,数百间铺陈华丽的房舍,杨广在每一间都安置了美人,轮流做东,他则自作客人,带着萧后和众姬妾东游西宴,天天杯不离口,直到昏醉而睡。难得清醒,则幅巾短衣,策杖步游,遍历各宫各院,直到深夜。对各处的风光景色,他总觉得看不够。

杨广变得越来越难以捉摸。骁果刚开始串联,便有一名宫女向他揭发,奇怪的是杨广反而杀了她。后来又有人报告萧后,萧后长叹一声,说到了今天这个地步,说什么都没用了,免得皇上白白担心。从此以后,再也没人提起外面的情况。

不过杨广开始随身携带毒药。有一天还看着镜中的自己对萧后说，大好头颅，不知谁来砍下。

因为这段末路的荒唐，杨广的南巡，在后世被敷衍成了对一种名为"琼花"的奇异花卉的迷恋。直到今天，扬州城中还有一座琼花观。我在观里确实看到了几株琼花。边上的宣传文字说，当年隋炀帝频频下扬州，就是为了欣赏它。

只是早有人考证过，那其实只是一种学名为"聚八仙"的替代品。

据说杨广见过的古琼花世间唯有一株，早已在兵燹中灭绝。古人描述，那是一种花团锦簇、艳丽无比，却又花开即落、花期短暂的植物——热烈而忧伤，正如杨广与他的帝国。

弑君之后，宇文化及率叛军一路艰难北归。

他们走的也是水路。具有讽刺意味的是，杨广开凿运河，本为拉近南北的距离，如今却成了这群北方人离开南方最快的途径。

一路打打杀杀。在洛阳的滑台附近，他们大败于瓦岗军，归路终于被彻底遏阻。宇文化及众叛亲离，却束手无策，只是整日酗酒，直至被杀。

这场回乡的长征，就此化作南柯一梦。

而与此同时，关中已经有了新的主人。

大业十三年（617）十一月，另一位来自西北的父亲，唐国公、太原留守李渊，与他的两个儿子，建成与世民，率二十万大军进入了大兴城。渊者，大水也，坊间纷传，当年文帝的噩梦终于成为现实。

次年五月，李渊登基为帝，立国号为唐，定都大兴。

并且，他将城名改回了"长安"。

脚底东京

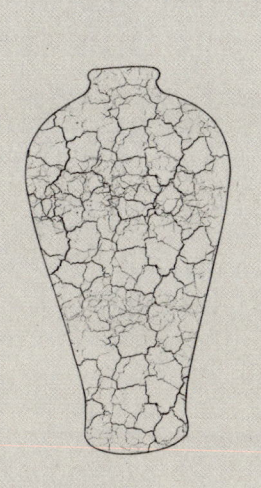

河南·开封

在开封城里,我常常有种不真实的感觉,好像一步步走来,不是跨过某处高挑的飞檐,就是踩在某根尖耸的桅杆上。于是,不由自主地,每次落脚都似乎带了些小心翼翼。

因为我知道,就在我的脚底,至少重重叠叠摞着六座城市,那都是开封一层层蜕下的骸骨。垂直向下,从距离我鞋底三米处开始,每隔两三米就是一个朝代的故城,清、明、金、宋、唐……一朝压着一朝,直到最底下的、十四米黄土深处的战国魏都,大梁城。

如果说这十四米,就是开封两千多年来从前世走到今生的距离,那么属于宋的那一段无疑是其中最辉煌的。当我随着拥挤的人群徜徉在开封烟熏火燎的小吃街上,从一面面写有"大宋美食""汴梁名吃"的杏黄旗下穿过时,竟觉得自己恍恍惚惚地走入了泛黄的梦幻中,就像八百多年前,曾经在这里生活了二十多年的孟元老那样。

> 暗想当年,节物风流,人情和美……古人有梦游华胥之国,其乐无涯者。

这段文字出自孟元老所著的《东京梦华录》。《东京梦华录》是一本追述开封作为北宋都城东京时城市风貌的书,但写那本书时,他已经流落到了临安,而开封,也早就被划入了金国的版图。

无可奈何春去也。江南潮湿缠绵的梅雨季节,白发苍苍的孟元老强忍关节酸痛,伏在书桌前,努力回忆着从前花团锦簇般的点点滴滴,嘴角不时露出浅笑,不知不觉间,两行浊泪却沿着眼角的沟壑慢慢滑下。

我猜测,他的案头,很可能摊着一卷《清明上河图》。这幅长卷,出自同时代的著名画家张择端。他与孟元老可以说是同志,因为在这幅画里,张择端也倾注全力精细绘录了鼎盛时期的锦绣京城。南渡之后,临安市上有人专门临摹此画出售,每卷索银一两,生意甚是兴隆。

"仆今追念,回首怅然,岂非华胥之梦觉哉!"

放下笔,孟元老缓缓地卷起了画轴,两手还在微微有些哆嗦。

站在红绿灯急促闪烁的街头,我恍若隔世。

偌大的开封城,从前孟元老与张择端眼中见过的,只剩下了一座孤零零的铁塔,锈色斑驳,矗立在老城东北角的城墙边上,遥遥离着市中心。

铁塔因其遍覆褐色琉璃砖、浑如铁铸而得名,但正式名称是开宝寺塔。开宝寺在北宋时名头很大,朝廷曾专门拨款对其进行大规模修缮。不过在当时士庶心目中它并不能算是东京第一刹,排在它前面的,起码还有一座——

大相国寺。

《东京梦华录》所有条目中,涉及寺庙名称的只有一条:"相国寺内万姓交易。"可见该寺的重要。应该说,相国寺是北宋最具皇家色彩的寺院,祈祷行香、祝贺帝后诞节、宴请大臣,诸如此类仪式典礼,它始终是首选的场所。有学者算过,有宋一朝,从太祖到哲宗,皇帝巡幸相国寺最少有38次。

正如大雁塔之于长安,某种程度上说,大相国寺已经成了大宋东京的一个重要标志——或许为追寻曾经的记忆,或许为标榜王朝的延续,宋室在临安也重新建了一座相国寺。而每个出使北方的南宋使节,只要经过开封,都会向人打听相国寺的现状,如有可能,还要前去凭吊一番。后世的小说评话,提到开封时,也大多会加入一些相国寺的情节,比如《水浒》中鲁智深倒拔垂杨柳,就是在相国寺的菜园;《金瓶梅》中西门庆上京城,住的也是相国寺。

就像是一个幻影吧,今天的开封仍有一座大相国寺。

尽管是清代翻建、解放后整修的，规模也小了很多，但毕竟还是坐落在原址之上。

前往相国寺的途中，我突然记起了仿照《东京梦华录》体裁写过《武林旧事》的周密，提及相国寺时所发的一段感慨："山河大地，凡为城邑、宫阙、楼观、塔院，亦是缘业深重所致。"

相国寺与开封的缘业，也许是永远纠缠不清了。

相国寺位于全市最喧闹的所在，与一个很大的小商品市场只有一墙之隔，红男绿女人声鼎沸。这样的位置好像不太适合清修，但符合史书上的记载。北宋时的东京，有三大商贸中心，居中的便是相国寺街；与其毗邻的，甚至还有一个红灯区"录事巷"。

寺内不外是天王殿、大雄宝殿、罗汉殿、藏经楼，虽然罗汉殿八角回廊匠心独具，其中用整株白果树雕成、6.6米高的千手千眼四面观音像法相庄严，但与其他寺庙却也没有很大区别。不过细游之下，还是能发现一些微妙之处。如厢房悬挂的"武僧团招生办公室"匾，走廊挂着的十几只鸟笼，还有法物流通处过于殷勤的柜台和尚，这些都不时让我的思绪远远游离佛寺的肃穆。

当我看到斋房外"客至莫嫌茶味淡，僧家不比世情浓"的门联时，忍不住微笑了。看来前辈的厨艺和豁达未能传承下来：东京相国寺中有个"烧朱院"，院名由来竟是因为有位僧人做得一手好菜，炙猪头肉尤其远近闻名，久而久之连斋房也被戏称为"烧猪院"。后来有文人嫌"猪"字不雅，替它改成了"朱"。

相国寺替人烧猪肉是要收费的。据孟元老记载，寺中的饮食业规模很大，即便是三五百个人同时用餐，也能轻轻松松完成。而它除了承办荤素不拘的斋筵，还出租店面和高低各档客房，甚至开有当铺。

在宋人眼中，相国寺绝不只是一座拜佛的道场。提起相国寺，东京人第一反应是一处集买卖、游冶、娱乐为一体，天下第一热闹的花花世界。它在东京还有一个诨名，叫"破赃所"，类似于"销金窟"，意思是极其破费钱财的地方。

> 相国寺每月五次开放，万姓交易。大三门上皆是飞禽猫犬之类，珍禽奇兽无所不有；第二、三门皆动用什物……殿后资圣门前，皆书籍、玩好、图画，及诸路散任官员土物、香药之类……
> ——《东京梦华录》

> 每日有说书、算卦、相面,百艺逞能,亦有卖吃食等项。僧舍专下过往官员,及大商、茶店、清客等众往还,摆酒接妓歌舞追欢。
>
> ——《如梦录》

> 东京相国寺,乃瓦市(大型综合市场)也。僧房散处,而中庭两庑可容万人。凡商旅交易,皆萃其中。四方趋京师以货物求售、转售他物者,必由于此。
>
> ——《燕翼诒谋录》

我来相国寺时,正值午饭时间,寺内游客寥寥。听着墙外此起彼伏的汽车喇叭和流行音乐声,我慢慢搜罗着自己有关这座寺庙的阅读记忆。

绍圣年间,一个道人在此叫卖"赌钱不输方",要价千金。有人咬牙买下,打开纸条只有四个字:"但止乞头"。——只抽头不下注,天下无敌!

这个笑话出自苏轼的《东坡志林》。其实他本人也在这里留下了不少故事。比如有次国忌设斋寺中,程颐遵守礼制,不喝酒不吃荤,埋头啃青菜萝卜,他偏偏坐在对面大碗酒大块肉,吃了个不亦乐乎,存心现现程夫子的迂腐。

但即便是古板如程颢、程颐二夫子,提及相国寺也神采飞扬。他们曾在寺中讲学论道，并相信自己此举能大大提升这个浮嚣之地的文化品位，因此傲然道："不知旧日曾有甚人于此处讲此事？"

也有人想起相国寺便懊恼。有个文官某日酒后兴起，给人在裙带上题了首艳词。不久此裙带流到相国寺市场，居然被内侍买入大内，系在嫔妃身上。皇帝看了大为光火，连骂文人无行。过了几天，那厮便被寻个罪过削籍为民了。

更晦气的是一个在寺门口卖卦的，有天接连做了四个书生的生意，掐指算来竟然都要做到宰相，连他自己都晕了，说怎么会一天之内来四个宰相。围观的人更是哄堂大笑。从此再没人信他的卦术，落了个穷饿而死——那四人为张士逊、寇准、张齐贤、王随，后来皆为一时名相。

政和二年（1112），有个京官拍皇帝马屁，进了个瑞物：一只长着灵芝的蟾蜍。徽宗一见便道这是假货，说类似的玩意相国寺里多的是。随即命人取水浸泡，果然断成两节，连插接的竹钉都露了出来。

当然，如果有眼力，相国寺还是有很多好东西的。像黄庭坚就淘到过一本极其稀少的《唐史稿》。事实上，相国寺对文人的诱惑尤为强大，就像北京的琉璃厂，常有宝贝在此悄然现身。米芾曾购得王维的真迹；苏轼海南放还时，欠人酒钱写诗抵账，不久，这幅字就出现在了相国寺里。

很多年后，李清照为丈夫赵明诚的《金石录》作序，回首往事时，首先想到的也是相国寺。

"那时我与明诚刚结合，他才二十一岁，在太学作学生。我们两家都是寒族，家境素来贫俭。每当休假，他总是把衣服典当了，换五百钱去相国寺，买些碑文，还有水果。回到家中，夫妻俩相对，一边吃果子，一边展玩碑文……"

写着写着，已近天命之年的李清照两颊慢慢泛起了红晕。或许那一刻，她耳边还响起了一阵悠扬的钟声。

"相国霜钟"历来就是"汴京八景"之一。据说相国寺的铜钟音质雄浑而不失柔和，别有一种雍容之韵。可惜，我在寺内看到的那口钟，虽然重达五吨，却是铸于乾隆年间的。

钟声一般是祈福和安宁的，但有人却从中听出了某种不祥的征兆。

他便是宋太祖赵匡胤。

登基后，赵匡胤多次前来相国寺进香，不过他的信仰似乎并不怎么虔诚。第一次来到佛前,他便问人自己该不该俯身下拜。有位高僧奏曰不必,问其原因,说:"现在佛不拜过去佛。"赵匡胤会心一笑,点点头,站着将三炷香插入了炉中。

在我理解,与其说赵匡胤礼佛,不如说是显示一种正统,绝不会甘心弯下膝盖。另外,他来相国寺还有一个原因,那就是享受两个字:

太平。

相国寺有着"太平"所必备的一切。欢笑、戏谑、鼓乐、清歌,甚至商贩的争吵、孩童的哭闹、老人的咳嗽,这就是太平的声音;酒香、肉香、脂粉香,汗臭、脚臭、牲口臭,这就是太平的味道;脸的红润、树的青翠、瓦的金黄、炊烟的灰黑,这就是太平的颜色;庭院里被千万双大大小小的脚踩得明显下陷的青砖,无疑就是太平的分量!

但是,随着清和的钟声响起,高阶上的赵匡胤好像突然想到了什么,微笑渐渐开始凝固。

很快,他的心中已经换上了另外两个字:

迁都。

一刹那间,所有的声音似乎戛然而止。

就在刚才，当视线越过子民的头顶，越过树梢，越过高墙，落在远处那莽莽苍苍的平野上时，那份恐惧骤然间又击中了他的内心。

他呆呆地看着臣僚们踌躇满志地张合着嘴，心里却在暗暗演算那个重复了无数遍的问题：一队骑兵从北国驰骋而下，冲到东京城，到底需要两天还是三天呢？

身在寺院，可能会令赵匡胤联想到一个佛典：沙上建塔。燕云十六州失去后，北方藩篱尽撤，再没有雄关守护；而开封一带，空空荡荡，并无险山屏障，只是一派无防可设的平原。京师如此根基不固，依附其上的所谓太平，岂不正如垒在沙地的塔，纵然满缀七宝琉璃，却是连一个小小的浪头都经受不起！

边上倒便是黄河。想到这条高高悬在头顶的大河，赵匡胤打了个寒战。多年征战，他很清楚这条混浊的水流究竟蕴藏着多么可怕的力量，而召唤这种力量，只需要扒开一个小小的口子，就像五代时许多枭雄干过的那样，甚至当年秦始皇一统天下，对付魏国大梁也用了这个手段。就是那回，开封城遭到了第一次彻底的毁灭，从一代国都沦为一个荒凉的小县，足足萧条了七八百年。

赵匡胤的面色越来越难看，握着水晶柱斧的指节也渐

渐开始发白。终于,他猛地一挥柱斧,像是对自己,又像是对臣僚,沉声一字字说道:

"朕要迁都。"

首先迁到洛阳,时机成熟了,再迁入长安。

洛阳、长安有的是能抵百万雄兵的山川之险,历代都是帝王所居,作为都城,比这袒胸露腹的开封城何止安全百倍!

令赵匡胤意外的是,对于迁都的提议,朝廷上下几乎异口同声地反对。而领头的,竟然是自己的亲弟弟,晋王赵光义。

那日兄弟二人在宫中闲聊,赵光义又提起迁都不妥。赵匡胤向他解释自己这是为了据山河之胜,遵循周汉故事,以真正安顿天下。赵光义却回答守天下只在于道德,而不在于地势险要与否。匡胤闻言再不说话,光义无趣,只得退了出去。

看着弟弟的背影,赵匡胤脸上隐然有一道怒气。他对光义的真正动机了如指掌:只不过是怕离开经营多年的老巢,失去继承帝位的机会罢了。他知道光义这些年来一直在开封暗中扶植自己的势力,所以对于光义的反对,他并太不放在心上,但另外一些人的劝阻,却使他头疼欲裂,片刻不得释怀。

每回到相国寺，赵匡胤都会在寺门前停留许久。他的目光长时间地凝视着正对寺门的一座石桥。石桥并不高大，稍大的船只甚至无法通过桥洞，但它却是全东京最繁忙的一座桥。

相国寺桥跨在汴河之上。汴河为人工所开，属于大运河水系，是东南漕粮进京的必经之路，岁漕江淮湖浙等路粮食数百万石。张择端的《清明上河图》，主体就是汴河两岸的风俗建筑。画卷上那些从虹桥下穿过的漕运船只，最后全部要驶到相国寺桥前停泊卸货。

东京城内，可通漕运的水道共有四条。水路纵横交错，"漕引江湖，利尽南海"，是当时全中国的水陆中心，交通无比优越。

但在赵匡胤眼中，这些在阳光下闪着粼光的河流，有时却像一条条锃亮的锁链，把自己牢牢地锁在了开封。

"东京有漕运之便，每年可从南方运来大量粮食。陛下如果迁到洛阳，怎么解决京城部队的粮食问题呢？"

大臣李怀忠满脸的凝重。

赵匡胤双眉紧锁，李怀忠又无情地逼他面对那个令人沮丧的难题。坐上龙床的第一天起，他就必须做出一个艰难的选择：帝国的军事力量到底该如何部署？京师与边防，哪里才是守卫的重点？

即位的第二年，赵匡胤与宰相赵普之间有过一次对话。

"天下自唐末以来，帝王换了十姓，兵戈不息，苍生涂炭，其故何在？我欲息天下之兵，为国家建长治久安之策，其道如何？"

"症结只在于方镇太重，君弱臣强而已。若要根治，倒也简单，只要削夺其权，制其钱谷，收其精兵，社稷自然安定。"

"不必再说，我明白了。"赵匡胤一点就透。他毕竟是从那个凭拳头排座次的乱世过来的，太清楚武力失控的严重后果，第一防备的就是黄袍从此不再披到别人身上去。

痛定思痛，"守内虚外"成了宋朝最根本的国策：收归军权，聚全国精兵于国都，由天子亲自镇压。

相比汉唐之君，赵匡胤的肩头格外沉重。除了正常的官员百姓，他还得在京畿供养几十万名军人，而这样巨大的给养是中原无力提供的，必须依靠南方。但多年战乱，运河汴渠已坏，粮运只能通到开封，实在无力运到洛阳，遑论长安！

更糟糕的是，如果迁不得都，反过来势必只能增加重兵来拱卫无险可守的京师，如此则愈发依赖运河，愈发动弹不得。赵匡胤感觉自己被套上了一个尴尬的怪圈，越挣越紧，不可自拔。

"晋王之言固善，今姑从之——"

下达了再一次加厚东京城城墙的诏书后，赵匡胤长长叹了口气，颓然倚在椅背上。他觉得自己有种前所未有的虚弱。

"不出百年，天下民力殚矣！"

几个月后，赵匡胤带着"烛影斧声"的疑团溘然长逝。

历代有人对赵匡胤没能坚持迁都而痛心疾首，认为这就是北宋一朝积贫积弱的根源。以开封为都，起手就是抱头挨打的输局，安能不一败涂地！

但扼腕归扼腕，他们也都清醒地看到，即使不考虑养兵的因素，定都中原，实际上是历史留给赵匡胤的唯一选择。

用史家赵翼的话说，关中早在中唐就走起了下坡路，到了赵匡胤的时代，西北"地气"更是大势已去，日薄西山，奄奄一息，根本无力承载一个庞大的王朝。

> 秦中自古为帝王州……盛极必衰，理固然也。是

时,地气将自西趋东北,故突生安史以兆其端。

——《廿二史札记》

看似神秘的"气运"背后,是一个残酷的现实:千百年来曾经"沃野千里",号称"陆海""九州膏腴"的关中大地,就像一个年迈的母亲,在漫长的哺育中竭尽了精髓,一日日走向枯萎,再也无力为子女提供赖以生存的乳汁了。

人类在这个地球上每前进一步,都要消耗大量资源。春秋之前,关中及黄河流域,覆盖着茂密的森林,直至战国仍"山林川谷美,天材之利多"。而到了唐时,这一带已无像样的林木,唐敬宗想造二十只渡船,都得远从淮南采伐木料。

生态的损害必然影响气候。曾几何时,郁郁葱葱的高原愈来愈寒冷,雨水愈来愈稀少,而河流水旱不均,愈来愈暴戾。水土流失的直接后果就是农田的退化。据《通典》统计,秦汉时关辅郑、白两渠溉田共有四万四千五百余顷,到了唐大历年间,只剩下了六千二百余顷,地利损耗,从中可见。有时年景凶恶,连皇帝都得逃荒——不是没有先例,隋文帝、唐高宗都有过出关"逐粮"之举。

唐末的连年战乱更是加剧了生态恶化的速度，特别是黄河水利的失修（战争中还常常遭到人为故意破坏），造成的严重后果简直是不可逆转的。

总之，进入十世纪后，关洛一带，很多地方都已是"壤地瘠薄""土旷人稀"，只剩下了满目荒凉。

如果站在人与自然的角度看，赵匡胤的悲哀，其实也是全人类的悲哀。在他无奈地接受现实放弃迁都的那一刻，中国历史铿然翻过了一页。伴随着呼啸的风沙，一条苍老的河流黯然退到了幕布后面。从此，历史的舞台缓缓地转向了东南，聚光灯下，另一条强壮的河流，正在摩拳擦掌，静待登场。

中国的历史，即将从苍茫的黄色一点点过渡到湿润的青色。以大运河为脉管，将精血源源不断输向北方的长江时代，已经在船工低沉的号子声中破浪而来。

开封，就是这两种色调交替之际的一个枢纽，既是长江时代的桥头堡，也是黄河时代的最后一个据点。

重新培养一个高原、一条河流的元气，不是几百年、几代人就可以完成的，没有谁能逆天而为。因此，迁都关洛，只能是宋室一个永远实现不了的梦想。

景德年间，宋真宗西巡洛阳，观其形胜十分向往，当地父老也劝他迁都于此。但踌躇多时,他还是只能怅惘离去。

通过汴河,开封源源不断地吸纳着东南大地的养分。

> 江南、淮南、两浙、荆湖路租籴,于真、扬、楚、泗州置仓受纳,分调舟船溯流入汴,以达京师……广南金银、香药、犀象、百货……川益诸州金帛及租、市之布……天禧末,水陆运上供金帛、缗钱二十三万一千余贯、两、端、匹,珠宝、香药二十七万五千余斤。
>
> ——《宋史·食货志》

根据赵匡胤"制其钱谷"的家法,各地除了最必要的开支,所有财赋悉数解送京师,严禁占留。大宋王朝将全国之力倾注到开封一城,撑起了一个在当时地球上首屈一指的煌煌盛世。

位于漕船终点站边上的相国寺,便是这个盛世最华丽的窗口。

辽、西夏、高丽,还有后来的金,所有外国来的使节,都要被引到寺内行香。而趾高气扬的北使踏入相国寺之后，往往都会悄悄垂下昂起的头颅，有一种自惭形秽的失落。

宣和年间，刘逵出使高丽，在其皇家寺院中见到一些壁画十分眼熟，陪同人员告诉他，这都是当年使节奏请神宗皇帝，获准从大相国寺摹写而得的，如今在此世代供奉，使"国人得以瞻仰"。

将盛世推到极致的是徽宗皇帝，他有一个"丰亨豫大"——比拟天堂般富足安乐的太平世界——的理想，甚至还平地垒起了一座重峦叠嶂的山峰，在其中点缀亭台楼阁，放养奇禽瑞兽，名曰"万岁山"。张择端工笔描绘的，就是"丰亨豫大"工程进行得如火如荼时的京城。

宋徽宗是张择端作品的第一个收藏者，"清明上河图"五个字就是他用极富个性的瘦金体御笔亲题的。此画的名称含义至今尚未说清，有许多人认为"清明"并非指节气，而是赞颂"清明盛世"。

果真是"清明盛世"，连粗鲁的军汉都熏陶上了一身儒雅之气。你看图中那几个士兵懒洋洋地坐在衙门口无所事事，岂不正是马放南山、天下太平的景象？

当然，也有使节看着看着，忽然轻吹一声口哨，嘴角露出讥讽的冷笑。

赵匡胤逝世一百五十年之后,金人的骑兵出现在了开封城外。

几乎一夜之间,开封从天堂坠入地狱。硝烟遮尽阳光,空中到处飞舞着斑斓的羽毛——万岁山上十余万只珍禽被懊恼的人们抛入了汴水。冒着炮石和流矢,妇孺老弱相互提携踉跄着拥入相国寺,希冀得到神佛的佑护。当时正值隆冬,数万流民挤在寺院的廊庑间啼饥号寒,惨不忍睹。

四十天后,金兵带着勒索到的巨额金银引兵撤围。东京各大街头都挂起了榜文,说如有在围城中失散家人的,可以到相国寺东西塔院认领。榜文墨水未干,相国寺内便聚集了好几万人,争相挤踏导致场面失控,官府不得不强行中止。

转眼又是冬天,风饕雪虐,被搜刮一空的市民饥寒交迫,哭声震天,朝廷只得在相国寺等处搭篷赈灾,每人三升柴米,六十二文钱。

而此时,伤痕累累的东京城墙外,两路重新南下的金国军队已经会师,开始了新一轮大规模的攻城。这一回,他们不再只满足于金银了。

靖康二年(1127)四月初一,金军终于启程北归。俘房中包括徽宗、钦宗父子在内共有十余万人,连稍有姿色的妓女都不放过。皇室总共只逃脱了三人,除了那位日后的高宗赵构和一位不满周岁的小公主,最幸运的是哲宗的元祐皇后,因为被贬出宫住在相国寺后街,反因祸得福逃过了大难。

行前,金军把开封城郊的房屋也烧成了平地,城内也早就形同废墟了。残存百姓饿死的,每天都有上万人,连一只老鼠都卖到了几十文钱。

相国寺内柱斜墙倾,破碎的地砖上长起了一层青腻的苔藓。几个步履蹒跚的枯瘦老僧,边喘息边在野草丛中扶起一尊尊断头残臂的罗汉。

偏殿停着一具落满灰尘的棺柩。里面装殓的,是收服了梁山好汉的老将张叔夜,他不愿被掳,北上途中绝食而死。

钟楼的木阶折了好几级,那口大钟挂着飘荡的蛛网,静静地悬在空中。

绵延西来的黄沙漫到了中原腹地,开封的王气也已耗尽。

首先死去的是汴河。宋金对峙天下中分,南宋为防金兵以水路进逼,自行毁坏了汴渠水道。从此,汴河淤塞,南北水运遂告断绝。

相国寺自然也逃不脱劫数。

乾道六年(1170),范成大使金,"过大相国寺,倾檐缺吻,无复旧观"。

绍定五年(1232),邹仲之出使蒙古,路过开封,"次日往相国寺,寺门成劫灰,止存佛殿一区"。

端平元年(1234),宋军攻入开封,只见全城"荆棘遗骸交午道路,止存民居千余家,故宫及相国寺佛阁不动而已"。

最后的时刻终于到了。1642年,李自成攻打开封,掘开黄河大堤,转瞬之间,整个开封城被咆哮的洪水冲入了无边无际的淤泥中。

宋亡之后,历代开国之君在选择都城位置时,再没有人会想起开封。

遗忘一座城市需要多久?

"近与亲戚会面,谈及曩昔,后生往往妄生不然。"

孟元老在《东京梦华录》序文中发过这样一句慨叹。他非常伤心,因为仅仅过了二十来年,在南方长大的年轻人竟然就已经难以相信东京的繁华了。

出了寺门,在寻找相国寺桥可能位置的同时,我也在问自己：你真的相信孟元老的文字没有丝毫夸张，真的相信这里存在过那么一座聚居近百万人、神话般的城市吗？

看我站了很久，有辆载客的电动车开了过来，殷勤地招徕生意。笑着摇摇头，我沿着自己猜想的汴水方向，慢慢走去。

走着走着，我突然记起了一张去年看到的新闻照片：大桥下，龟裂的江滩大片大片裸露着，远处则是一艘深陷泥中的木船。

报纸上说，长江下游的水位已严重下降，航道形势日趋严峻。

我忍不住低下了头，侧过耳去，想去听听地底深处究竟还有没有汨汨的水流声。

佛眼绀青

山东·青州

与大部分外地人一样，将青州列入我的行走目的地，首先是因为那个震惊世界的考古发现。在我的旅游手册上，观赏那次出土的大批量国宝级佛像，更是被列为青州行程的首选。

一座城市，或者说，一片土地，与人一样，也是有盛衰气运的。很久以来，人们似乎已经习惯青州作为一个县级市而存在——截至目前，我国共有县一级的行政单位将近三千个。有意无意间，很多人都在忽视这样一个事实：青州，自古以来就是大禹亲手划分的九州之一。

"正东曰青州。"依照五行，东方属木，色青。禹用一种充满生机的颜色，命名了从泰山东去直至大海，整个华夏大陆的东方。

来青州的途中，我登上了泰山。在海拔1532米的玉皇绝顶，我极目东望。我相信，这一刻，我的视线应该与当年的大禹有所重叠。我还猜想，那大概同样是个春天，映照在大禹眼内的，也是一派无边无涯的郁郁葱葱。

山风阵阵，松涛过耳。就在那一刹那，我对杜甫的名句"齐鲁青未了"有了新的理解，眼底的千里峰峦，也渐渐幻化成一朵朵青色的莲花——佛典记载，释迦牟尼有三十二相，其一就是"佛眼绀青，如青莲花"。

在驼山山腰的拜佛台，我瞠目结舌。为了眼前的奇景，更为了如此明显的奇迹在人们眼皮底下竟然能整整隐藏十几个世纪。

这是位于驼山东面，一尊由九座山峰连绵组成的巨佛头像，它仰面朝天，双唇微张，发髻、眼窝、颧骨、鼻梁、人中、上下嘴唇、下颌，乃至喉结，清晰可辨，我甚至能够看到它瘦削的脸颊和嘴角边的皱纹。更神奇的是，随着我攀爬驼山时视角的变化，巨佛双唇不时开合，仿佛正对天人众生讲说着妙义大法。我清楚记得第一眼看到如此雄伟而又庄严的景象时给我的震撼，那一瞬间，简直如遭电击，几乎有匍匐膜拜的冲动。

驼山是青州著名的风景区，因山形似驼而得名，离市区只有五公里。不可想象，在交通如此便捷的地方，这么一尊显而易见的巨佛，就这么袒露在天地之间，没有丝毫遮挡，竟长期不被发现，典籍中也没有任何记载，即便是祖祖辈辈生长于此的山民，也都毫不知情。

无论我再难以理解，现实只有一个：1993年，一位年轻的画家来驼山写生时，以他经过专业训练的审美眼光，无意中发现了这尊长达两千五百米、堪称世界第一的卧佛。之后，经过仔细勘测，人们惊奇地发现，这尊巨佛其实并不完全是自然的奇迹，而是古人巧妙地利用山形，人工雕凿而成，精细程度甚至达到了能够表现出佛的重瞳。根据种种线索，学者们确定出佛像开凿的时间在公元550年到577年之间，距发现时，已过了一千四百多年。

巨佛面容清瘦，表现的是释迦牟尼苦修时的形态。也就是说，二十世纪末，青州大地上，突然有一尊不可思议的巨佛走出孤独的禅定，高调降临了人间。

不过，我还是怀疑，起码有某个特定的群体，曾经清楚地知道巨佛的存在。因为驼山，连同其遥遥相对的云门山，都开凿有大量的佛教石窟。以驼山为例，凿有从北周到中唐的五座石窟，共有大小佛像六百三十八尊；最大的高达七米有余，最小的还不足十厘米——然而无论大小，每一尊都面对着隐密的巨佛。

或许，这就是佛家说的"一佛出世，千佛护持"。不过，我更愿意将护持巨佛的千佛队伍扩大到包括另外一群。因为某种意义上，它们与这尊巨佛有着相同的性质：都是在极其偶然的情况下重新被人发现，随即引起了巨大的轰动。

自然，我指的就是那批著名的龙兴寺佛造像窖藏。

他们重见天日，距离那位画家发现巨佛，只有短短三年。在青州长达几千年的历史中,这简直就是前脚后脚。几乎只是弹指间,古老的青州在西历的千年末佛光普照。

青州西门,山东省青州市第八中学运动场。围栏、草坪、跑道、篮球架,与其他学校相比,看上去没有任何特殊的地方。但运动场一角,却立着一块碑:"龙兴寺遗址"。龙兴寺,始建于北魏,一直到唐宋,都是最高等级的皇家寺院。

1996年10月,就是在这里,一辆为普通中学执行普通修整任务的普通推土机,打开了一个尘封千年的历史黑洞。黑洞以地窖的形式呈现,经过考古人员七天七夜抢救性发掘和细致的修复拼对之后,在这个东西长8.6米,南北宽6.7米,深度不到3米的小窖藏坑内,居然出土了400余尊佛像,是迄今为止中国发现的数量最多的窖藏佛教造像群。

距离那个收获的深秋又过去了十六年。当时的狂喜与激动,都已随风消散。空旷的运动场上,十几位青春期的少年正围着一个足球奔跑笑闹。

我不止一次看过当年佛像出土时的视频资料,每次都会不由自主地微微颤抖。我甚至常有这样的幻觉,随着浮土被一点点刷去,佛陀或是菩萨慢慢睁开了沉睡千年的双眼，目光流转，再次打量了一下当前的世界，随即渐渐绽放出恬淡的微笑——几乎每尊佛像的脸上，都带着深浅不一的笑意。每当这时，我总会想象释迦牟尼悟道时的场景，想象着他从菩提树下站起身来，在晨风中看着满天霞云谲诡变幻，爽然叹息："原来如此！"

形容这种从污泥中显露的极致之美，亲自参与了整个发掘工作的青州博物馆原副馆长夏名采最有发言权。面对着镜头，他回忆道："有一尊观音菩萨吧，它出土的时候完整地躺在那个地方，相当的优美。人家都说维纳斯漂亮，我看这里几尊比维纳斯还要漂亮。"说这段话时，夏馆长语调迟缓，神情悠远。

在与运动场一墙之隔的博物馆，我见到了这批被列入1996年中国考古十大发现，并多次到海外展出的佛像。如果说在驼山看到的山体巨佛给我的震撼首先体现在体量与气势上的话，龙兴寺佛像带给我的则更多是亲切与安宁，这令我有足够的冷静来仔细欣赏与观察它们。只是，当我终于瞻仰完所有的佛像时，我却察觉了一个相当特殊的现象：假如以通常的佛教乃至中国文化发展的趋势来看，某种程度上，龙兴寺佛像的演变，即使没有逆流而上，也明显偏离了一般人所理解的主流轨道。

龙兴寺佛像，并不是一次性的窖藏，从南北朝直至北宋，前后跨度长达五百多年，而绝大多数完成于五到六世纪。如果顺着时代依次看下来，人们往往都会产生这样的感觉：似乎在头尾之间，佛像的风格有过一次明显的异化，就像中国的书法，貌似一笔到底，实则劲力顿挫。

龙兴寺佛像中年代最早的是北魏晚期的作品，大多身躯颀长，脸瘦颈细，还稍微有些溜肩，是典型的汉人体型；佛像面部的颧骨微微突出，也是中国传统文化中智者的形象；袈裟则多为汉人士大夫的褒衣博带式，褶纹繁复飘逸，给人以清秀儒雅的印象。总之，正如我在洛阳龙门石窟看到的造像，北魏佛像鲜明地体现出秀骨清像的特征，深深地打上了当时鲜卑民族与汉文化融合的烙印。

融合的趋势一直延续到东魏，并没有太大的反复。但是，当我把目光投向公元六世纪中期以后北齐时期的佛教造像时，第一个强烈的感觉就是，佛像缺少铺垫地被重新胡化了。除了面容日趋丰满圆润、躯干日趋敦厚宽阔之外，最明显的就是服饰的区别。

简而言之，褒衣博带变成了"曹衣出水"。

所谓"曹衣出水"，是美术史上的一种技巧，比喻服饰轻薄贴身，就好像刚从水里站起来，湿衣紧贴身体。龙兴寺北齐造像，或是在躯干上直接刻画衣纹，或是全身没有任何皱褶，完全用肌肤轮廓充分显现人体的优美。有几尊佛像，只在手腕足踝处浅刻几道象征性的衣纹，乍看上去几乎就是裸体。

这种奔放而大胆的技法明显来自异国。"曹衣出水"的创始人曹仲达，在北齐做到了朝散大夫。但很多人不知道，他其实是西域的曹国人。

曹仲达的籍贯又令我想起了那尊巨佛，竟然被特意雕凿出了喉结。众所周知，随着佛教在中国传播，造像日益融合汉人的审美习惯，势必逐渐取消胡须喉结等性别特征，甚至趋于女性化，观音形象由男身转为女身就是最典型的例子。在此文化背景下，巨佛的喉结，无疑也可视作对于汉化的一种逆反——应该不是巧合，巨佛的开凿年代，也在北齐。

顺便提一句，曹仲达没有作品传世，在龙兴寺的北齐佛像出土之前，充满西域风情的"曹衣出水"，只存在于典籍和传说中，没有任何实证。并且，直到如今，典型的"曹衣出水"风格佛像，青州龙兴寺窖藏依然还是孤例。

自白马西来，佛教由西向东，从大漠戈壁开始步步深入，在身后留下了一串可视作脚印的造像石窟：龟兹、高昌、敦煌、炳灵寺、麦积山、云冈、龙门……这漫长的路上，佛像的凹目渐渐填平，高鼻渐渐缩减，卷发渐渐平直，裸体渐渐被遮掩……一切都那么行云流水顺理成章。

怎么到了青州，就异军突起，硬生生地来了个一百八十度的大逆转呢？

可以说，这是一座坐标奇异的城市。

大禹时代，华夏九州只是极其粗略的划分，青州的坐标，在文化和地理两方面能够基本一致，都代表着东方。不过到了南北朝，青州的这两个坐标却日益变得模糊而矛盾。

这种矛盾，在将其与另一座当时同样被佛光笼罩的古城洛阳比较时，表现得愈发清晰。

横向，青州东经118度，洛阳东经112度。

纵向，青州北纬36度，洛阳北纬34度。

经纬度的比较只是为了更显明地确认这样的事实：以东西论，青州居东洛阳居西；以南北论，青州居北洛阳居南。

体现在佛像胡汉风格上的东西向反差，前文已经叙述：洛阳龙门石窟到青州龙兴寺佛像，从正常佛教传播与中国化过程的方向来看，属于一种异常的逆向。更令人意外的是，即使在南北方向上，二者之间，也曾经有过根本颠倒。

比如，从公元411年到公元467年，这半个多世纪，北方的青州属于南朝刘宋王朝，而低了两个纬度的洛阳，却被列入了北魏的版图。

我列举这些，不过是因为龙兴寺佛像令我意识到，对于青州，其真实的文化方位其实并不容易掌握；或者说，青州，对方向有其独有的阐释方式。

关于以"曹衣出水"为主要标志的"青州风格"佛像，专家们经过考证，已经得出了一些基本被认可的结论。其形成原因主要有三点：一、受南朝梁武帝奉请天竺佛像的影响；二、受西域诸胡和天竺僧众影响；三、受北齐的胡风影响——缔造北齐基业的高欢，虽然是汉人，但生长在边塞，自幼受胡风胡俗熏染，加之亲眼见到北魏鲜卑族因与汉文化融合而削弱，于是采取了与其截然相反的文化政策。

实际上不必说得这么复杂，用一句话就能够概括，那就是当时的青州，没有受到通常意义上的地理方位束缚，随便哪个角度，都能直接或间接与万里之外的佛教东传原点取得联系。当然，这必须基于北齐政府抚恶融合的国策与其和南朝割舍不尽的纠葛。这样的双重条件，放眼当时的中国，只有青州具备。

在此意义上，佛教东传，或许应该在原来陆路、海路等几条传统路径外，再增加一条，更确切说，在原来的基础上用不同颜色重新描上一笔。看起来或许与老路重叠，但传播方式却大不相同。用一个比喻，由于筚路蓝缕或是政权阻隔，老路的传播只能采取一站一站的接力，而在漫长的接力过程中，传播的内容不可避免地流失或者遭到改造；至于新路，由于起点终点之间畅通无阻，因而一鼓作气一站到底，不仅迅速，也尽可能地保证了传播内容的鲜活本真。

而这一切的终点，就在北齐的青州。一时间，青齐大地梵宫林立，花雨漫天，胡佛胡服胡乐胡拜，来往行人恍如置身西域天竺。北齐任命的青州刺史中，甚至有过一位叫龙康基的粟特人；粟特人来自中亚，母语属印欧语系，极善经商，是丝绸之路上的重要角色——这是否意味着，起码在龙康基的时代，丝绸之路的起点，已经被推移到了渤海边的青州？

然而当我试着在地图上比拟这条想象中的路径时，我又看到了泰山和曲阜，不由心中一动。

一山一水一圣人，这些华夏文明最根本的支柱，汉人融入血脉的精神图腾，其实都与青州毗邻。他们的光芒能够照耀整个中国，却无法在自家后院严明"夷夏之大防"——"曹衣出水"时，古老的齐鲁大地，究竟出现了什么问题？

> 以诸欲因缘，坠堕三恶道；轮回六趣中，备受诸苦毒。
>
> ——《法华经·方便品》

青州博物馆有一个青州城市演变的沙盘，面对它时，我唏嘘不已，脑中很自然地跳出了这段佛经。

沙盘标注了青州从古至今的城池变迁轨迹。广县城、广固城、东阳城、南阳城、旗城，每一座都是方正的，但当它们或远或近地被展示于同一个空间时，在我眼前却显现出一个圆形的漩涡，或者说，一个不停旋转的巨大火轮。因为我知道，城池的任何一次动荡，对于其所庇护的所有生灵，都意味着一次绝望的天崩地陷。

《禹贡》青州，只是对海岱——渤海与泰山之间地域的统称。青州的治所，其实长期以来位于临淄，先秦时齐国在此建都长达八百余年。青州真正建城，要到公元前204年，也就是广县城。青州四城中，广县城独处西隅，看起来有些落寞。不过，古城若是有知，此后的两千年，它绝对会怀念这段落寞，怀念得肝肠寸断潸然泪下。

公元311年，前赵刘聪派大将曹嶷经略山东，尽陷齐鲁诸郡。战事略定后，曹嶷做出了一个改变青州，乃至整个山东格局的选择：他准备调整齐鲁大地的重心，将大本营搬到青州来。这样的决定，或许基于曹嶷作为军人的敏感性，他应该已经意识到，过去的战争只是前奏，一段更加旷日持久的血腥岁月即将拉开大幕，而临淄城池大而无当，并且四周平旷，无险可守，担当不起指挥中心的责任。曹嶷翻来覆去地摩挲着地图，终于，他的手指落在了躲在山林背后的广县城。当然，在进驻自己的军队前，他要对这座城池进行必要的改造。

就在这一年，曹嶷废弃了如农夫一样质朴的广县城，而在其东方，尧王山南三里处修筑了一座靠山面水、杀气腾腾的新城，他将其命名为"广固"。一个"固"字，寄托了曹嶷的希望，也将宁静的青州从此推向了战场，使之成为历代兵家必争之地，所有锋刃瞄准的标靶。这种军事上的重要性直至清朝还在凸显：所谓旗城，就好比帝国稳固疆域的钉子,是清朝八旗军驻扎在全国各大战略要地的城郭型营地,而镇压山东的那一枚,被楔入了青州。

从此青州的历史开始由鲜血和焦烟书写。仅南北朝,青州便遭遇了二十多次战争,而广固城则在百余年间里十五次易主,先后归属后赵、前燕、前秦、后燕、东晋、南燕、刘宋等朝。地狱的火轮熊熊燃烧,将这片土地碾压得血肉模糊。

"宁为太平犬,不做乱世人。"我不必,也不忍详叙兵燹中生命的卑贱,简单列举在那"失落的三个世纪"中与青州有关的几个数据吧:

公元323年,后赵大将石虎领兵攻取广固城,坑杀青州军民三万余众,仅赦免男女700人——这700人还是因后赵新任青州刺史刘征对这场斩草除根的大屠杀表示强烈抗议后勉强留下的。

公元410年,东晋刘裕领兵攻击广固城,血战十月后破城,杀鲜卑贵族以下3000余人,一万多名妇女儿童被当作战利品赏给军士。随即广固城被夷为平地,青州刺史羊穆之,在南阳河北另筑新城,即为东阳城。

公元467年,北魏大将慕容白曜率军五万进攻东阳城。战争延续三年,克城后,城内剩余居民8600户共41000人,全部被列为战俘，强迁平城。

东汉以来，或许是因为过于烦琐的注释而陷入迷茫，又或许是过于频繁的人口流动，尤其是胡族的大量涌入打断了传承，在这段中国历史上最黑暗最残酷的岁月，孔孟的信徒，只能眼睁睁地看着自己的故乡、自己的同胞一次又一次地遭受最无情的蹂躏，心如刀绞而又无能为力。

直到有一天，那句来自遥远西方的梵唱在青州上空訇然响起。被按倒在砧板上的人们，隐约看到了乌云深处漏下的金光。

在这一带出土的一尊北朝佛像上，我看到过一段铭文，虽然文字多有残损，不过还是能够辨认出一些语句：

愿我未来不生外道，不生下姓，不受恶身，不生畜生，不生恶鬼，不生修罗中……

愿我舍此现在，愿引我精神宜得往生兜率陀天弥勒……

虔诚的祷祝，尽管已被岁月侵蚀得斑驳模糊，但还是能清晰地传达出来自千年前，来自血泊与火焰的绝望和希望。

只比曹嶷修建广固城早了九年，青州出现了第一座佛寺宁福寺。此后随着战争进一步激烈，大小佛寺如雨后春笋，纷纷破土而出。加之朗公、法显、驮跋陀罗等高僧也曾因种种机缘过此，愈发促进了青州佛教的发展。很快，青齐大地，俨然成了一大佛都。

在中国的最东方，伴随着金属的撞击和战马的嘶叫，无数法轮轰然转动。

然而，我在青州却自始至终没有看到过一座隋唐之前的古寺。

下了驼山，我独自在青州街头漫步。从东关的老街，走到南门，再走回博物馆的西门。这一路上，我见到了立有朱元璋题碑的伊斯兰真教寺，也见到了清朝末年英国人修造的基督教堂，还在青州第一中学的铭牌上找到了著名儒门松林书院，但属于释迦牟尼的，还是只有那块立在运动场边上的龙兴寺文保碑。

我找到一份青齐地区古代佛教遗址的分布图，在这份图上，济南、淄博、东营、诸城、滨州、青岛，大都有北朝佛寺遗存，只有被包围在中心的青州，除了石窟和少数几处塔林，没有留下任何佛寺，那片空白就如同一只失去瞳仁的眼睛，茫然而恍惚。

宁福寺、七级寺、兴国寺、吉祥寺、重兴寺、候恺寺、延祥寺、弥勒寺、石佛寺，这些曾经留名于史册的北朝著名丛林，都和龙兴寺一样，彻底地在地平面上消失了。无数秘密随着佛像的残肢断臂被掩埋入了地底，只留下那座神秘的巨佛和少量尚未被完全风化的石窟，作为冰山一角依旧挺立于世间，留待有心人慢慢去拼凑那个不可复制的、曹衣出水的时代。

即便是它们的地下部分，也都伤痕累累残缺不全。龙兴寺遗址出土的佛像，几乎没有一尊是完整的，而且可以肯定，这些佛像在被掩埋之前，就已经遭到了严重毁坏。对此研究者也给出了合理的解释，不外乎两个原因：其一是毁于历代灭佛运动；其二还是战火，作为政治军事中心，青州遭受的荼毒势必远远超过周边任何城市。兴于劫难的青州佛寺，同样被毁于劫难。

当然，不是说之后青州就没有了寺院，没有了佛教信仰，只不过，随着北宋以后理学兴起儒学重盛，三教进一步融合，也随着中国版图的进一步完整，青州的佛教，与其他地方一样，也逐渐被纳入了一个相对固定的模式。而在废墟上重建的佛寺，已经不露声色地洗去了过于突兀的胡人痕迹，也洗去了连接过往时光的线索，有意无意将历史拦腰切为两段。

在离驼山约四十公里外的另一处青州名胜仰天山的一处山崖上，我见过一具雕凿于金代的线雕巨幅观音菩萨像，虽然有些斑驳，但大致轮廓还是依稀可辨。菩萨的两个侍童，圆脸丰颐，神态娇憨，像极了宋人婴戏图中那样。

值得深思的是，与佛寺一样，青州给我的印象，也出现了断层。作为一个有着两千多年历史的古城，面对它时，我的思绪却往往只能回溯到明清。今天的青州城是在南阳城旧址上发展起来的，最原始最集中的古迹应该算是老街；而这青砖灰瓦的老街上，最早的建筑，也不过是元大德年间的真教寺。

更令我感慨的是，我所看到的青州老街，街道狭窄，民居低矮，纯然是一个寻常邑镇，丝毫没有号令齐鲁的轩昂，遑论睥睨天下的王气——在青州被曹嶷树立为齐鲁中枢的88年后，鲜卑慕容德以广固城为都称帝，建立了南燕王朝。

这使我想到了一个有些吊诡的现象。纵观青州历史，正如佛教在此处的传播，最苦难的时期，也是最辉煌的时期。而自从明洪武九年（1376）朱元璋将山东的行政中枢由青州迁至济南后，随着慢慢恢复宁静，青州也一点点褪去了光芒，一步步隐入了幕后。

花雨散尽，青州就像一个疲惫的战士，卸下盔甲，重新回到阔别的田园，躲在光阴的角落，回忆着金戈铁马的过往，默默苍老。

即将离开青州博物馆时，年轻的研究员李宝垒先生，指着后院一截断墙告诉我，那就是南阳城的城墙。

我忽然记起，龙兴寺最早的名称就叫"南阳寺"，一座佛寺，一座古城，原来冥冥中早就注定了两者不可分割的因缘。那么，20世纪90年代，山体巨佛与龙兴寺佛像的相继现世，是否可以理解为一种历史的提醒，提醒浮躁的人们不要因眼前的黯淡而轻视了青州。遥想当年，佛光璀璨之时，这里，才是整个齐鲁大地的真正心脏，才是大禹亲手划分的正东第一州。

我还记起了在驼山上，一位晨练的老人用浓重的山东口音对我解释他所理解的大佛出世缘由："大佛本来是不想出来的，但那几年这一带破山采石太狠，眼看就要破到身边了，才不得不现身。"

看着我沉吟不语，李宝垒又说，前些天，他们又有了重大发现，出土了一个高达1.5米的佛头，按照比例，完整的佛像起码有9米高。

又一座冰山,在人间显露了它的棱角。

青州的地下,究竟还埋藏着多少被遗忘太久的秘密和辉煌?

花戏楼

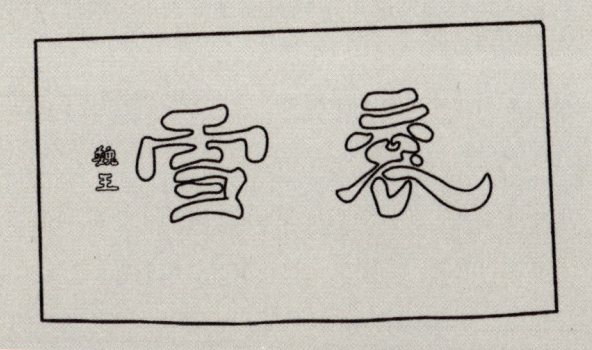

安徽·亳州

魏王 爱雪

黄芪、党参、当归、蜈蚣、柴胡、首乌、鹿茸……

亳州药材市场，中国四大药市之首，全球规模最大的中药材交易基地。据统计，这个市场日购销药材重量不少于6000吨，而经营品种则多达2600余种——《本草纲目》收载药物1892种，已被誉为集大成。

从海洋到戈壁，从山林到草原，所有经纬度的水土精华聚于一城，元气充沛。这里应该已是世间最强大的中药能量场。置身于2600种药材混合而成的浓郁药气中，我的思绪开始恍惚，甚至连走路都变得有些小心翼翼。因为我知道自己陷入了最严密的包围圈：对于药材，任何一具人体都是有待攻克的城堡，而我的五官九窍、四肢百骸，甚至于每一个毛孔，此刻都已经彻底暴露。

在这人声鼎沸的闹市，我竟然感受到了一股凛冽的杀气。

事实上，我首先是为了凭吊一场著名的戕害而来到亳州的。

那场戕害发生在一千八百多年前。受害者，此刻正昂然立于市场门前的广场中央，拈花微笑，以石像的形式。

华佗，这个药材市场追认的始祖，亳州人引以为豪的乡贤，天底下所有医患共同膜拜的殿堂级偶像。已经遗失了准确的时间，正如华佗在这个世上的享年，根据有限的资料推断，最晚不迟于公元208年，亳州人华佗，在许昌监狱被折磨致死。

杀死他的人，竟然也是一位亳州人，他真正意义上的同乡，曹操。属于他的那尊石像被竖立在火车站广场——看起来似乎用的是同一种石材，甚至很可能属于同一矿脉。在我们的时代，这对冤家的直线距离，其实只有几千米。

方圆百里之内，要同时出现两个如曹操、华佗这样级别的人物并不容易。种种迹象也表明，曹操还是比较看重桑梓情分的，曹氏集团核心成员，如曹仁、许褚、夏侯渊等等，有相当大一部分便是他带出的乡党。

但他为何独独容不得一个华佗？

关于华佗之死，《后汉书》与《三国志》的记叙基本一致。说曹操苦于头风（一种经久难愈的头部疼痛性疾病），听闻华佗医名，便召至许昌帐下，随时应诊。时间久了，华佗难免思乡，便寻了个借口回亳州探亲。到家之后，又以妻病为名，多次延期不返。曹操三番五次写信催他回来，又通知地方官安排遣送，但华佗还是推三阻四不上路。曹操大怒，派人去查看，如果其妻患病属实，赐粮给假，但若存心欺骗，立即逮捕。于是华佗撒谎事发，被押解入狱。审讯验实后，曹操下令将华佗处死于许昌狱中。

虽然前因后果已经叙述得清清楚楚，但人们还是很难接受，真相竟会如此简单。毕竟，消极怠工的过失可大可小，但曹操却因此对一代名医痛下杀手，似乎有些小题大做。于是，对于这段文字，历代多有加以深刻解读者。有人说是华佗心系天下苍生，不愿只为曹操一人所用，因此触怒曹操；有人说曹操杀华佗其实是一出政治秀，借这颗已经被神话的脑袋杀鸡儆猴，以整肃军纪；还有人猜测，华佗心怀汉室，不满曹操跋扈，并且看出其谋篡之心，便想借着所谓"开颅疗疾"的手术行刺，结果反被曹操看穿；甚至还有人说华佗"本作士人，以医见业，意常自悔"，因此故意养疾要挟，以讨要官爵，最终害了自身。

争论至今未休。不过，我翻看这桩发生于两个同乡之间的陈年公案时，想得最多的，却是当时的一个小人物。

这是史籍收载的数十条华佗医案之一。军吏李成为咳嗽所苦，日夜无法入睡，还不时吐血。后来，他遇到了华佗。华佗用两钱药粉治好了他，并另外给了两钱，说十八年后，此疾还会发作，到时吃了就会彻底痊愈，否则再无药可救，只能等死。李成因此将此药粉视为至宝，妥善保管。但五六年后，他有个亲戚也得了相同的病，上门索讨此药，李成不忍见死不救，便给了他。随即，他特意赶到亳州，想找华佗为自己重新配制，但是刚好遇到华佗被曹操收监，担心给他添乱，犹豫了许久，最终还是没有开口——"后十八岁，成病竟发，无药可服，以至于死。"（《三国志·华佗传》）

曹华二人的恩怨是非，其实并不重要。无论因车因何而来，反正曹操终结的，绝不止华佗一个人的生命。华佗系狱、等待判决的时候，曹操的心腹谋士荀彧，便因此专门为其求情，说："华佗的医术确实高明，人命所悬，应该包涵他一点。"曹操的回答是："何必担心，天下难道还少得了这些鼠辈吗？"

处决前夜，华佗取出一卷医书，说这是他的毕生所学，可以救活很多人，想把它交给狱吏，以传给世人。但狱吏怕触犯曹操的法令，竟然不敢接受。

长叹一声，华佗取过油灯，将那卷书放在了火上——《青囊经》就此失传。

如果以物种丰富性来看，这座城市很可能已是世界上最大的博物馆。

在药材市场，作为一个曾经在医药行中混过十多年的前药师，我比普通人更能感觉到这种丰富性所带来的巨大压力。因为我知道，每一味药与人体之间，都连接着多条隐形的线；而药与药之间，更是根须缠绕彼此纠结。

无数线条交织成一张看不见的巨网，将所有人覆盖其中，如同提线木偶，又如蜘蛛的猎物。我毫不怀疑，这张网已经包涵了人类健康史上全部最复杂的公式，甚至还可能会有女娲造人的最初设计图。

终极的秘密必然受到最严格的保护：《周易》六爻八卦的变化已是无穷无尽，数千种中药的组合，更是令最先进的计算机也只能"望网兴叹"。

《黄帝内经》《神农本草经》《伤寒论》《千金方》……每一部典籍都是解读这张巨网的宝贵钥匙。神兵利器，鬼神所忌。随着《青囊经》化为灰烬，某段已然清晰的线头重又纠结如麻。

> 若疾发结于内，针药所不能及者，乃令先以酒服麻沸散，既醉无所觉，因刳破腹背，抽割积聚。
>
> ——《后汉书·华佗传》

世间药材尽已在此，可又有谁，能为我再调配一剂麻沸散？

华佗死后，曹操的头风再次发作。当有人提起华佗时，他还是强忍疼痛，坚持自己的决定："华佗确实能治好。但这小人养病自重，即使我不杀他，他也永远不会替我断了病根！"

不久，曹操的小儿子，年仅十三岁的曹冲病重，群医束手无策，曹操潸然泪下，终于哀叹："我后悔杀了华佗啊，如今只能眼睁睁地看着这孩子死去！"

那一年，曹操五十四岁，已经进入了生命的暮年。曹冲聪慧过人，"曹冲称象"的机智至今令人拍案叫绝，是曹操最喜爱的儿子，本打算传位于他……

一个王朝的轨迹，竟然因为一个医生任性的谎言而改写。将错就错，抑或命中注定，魏晋南北朝，唐宋元明清，跟跟跄跄一路走来，转瞬已是千年。

这一千八百年间，黄淮多次泛滥，亳州一带也一再遭到冲刷。古城的记忆在周而复始的刷洗中逐渐淡化。云淡风轻之时，回看来路，恍如隔世。

如今的亳州，无论曹（包括曹操的本姓夏侯），还是华，都已不是大姓。而淤泥与河水，更是抹去了曹操或者华佗曾经留下的所有痕迹。

曹家的故居早已被夷为平地，虽然有曹操公园，不过却是近年的新建筑；曹氏宗族墓群陆续被发现，但曹操本人的墓葬依然还是千古谜案。倒是华佗，在城西还留有一座华祖庵（以庵为名，是因为历代住持都是尼僧，这在全国难以计数的华佗庙宇中也属特例）。

庙小而神微。庵堂并不大，屋宇亦不高古，除去当代增建部分，主体建筑只如寻常人家院落，灰暗、简朴，可以想见多年以来的低调与冷落。当然，我也知道，无论如何，这座小小的庵堂，已经是世界上距离华佗最近的纪念地了。

有说唐，有说宋，亳州最初为华佗修建庙宇的具体年代已经无法考证，现存华祖庵则为清乾隆辛巳年（1761）重修。文物铭碑上的年份令我联想起了相距不远的另一座建筑，因为它的落成基本也在同一时间。

那座建筑也保存到了今天，如今已成为亳州最著名的景点。与它一比较，华祖庵显得愈发寒酸，甚至敷衍。

城北的花戏楼。

必须承认，亳州，这座位于安徽省西北角、与河南交界的城市，字形并不好认。我还听过某个省级电视台的主持人，毫不迟疑地将其读为"毫州"。而当地普遍强调入声的短促口音，更是令这座古城的自我介绍在自说自话口齿不清之外，平添了几分委屈和着急。

"亳"、"毫"，一笔之别，差以千里。事实上，作为商汤时的都城，"亳"字来头极大，以时间算，甚至堪称中国历代古都之首。也因为过于久远，亳都的所在也成了一个口水横飞的论题，当年王国维便曾对此进行过精深的考证。

我并无意追溯到那个混沌的年代。不过，当我见到花戏楼的一刹那，竟然隐约闻到了某种来自远古、蛮荒的气息。

更确切地说，一个"亳"字从源头穿越时空而来，瞬间在我眼前站立。

甲骨文中，"亳"字可分为上下两部分：其上为高大的房舍，其下为树杈状物，即极易与"毛"混淆的"乇"，通常被诠释为杂乱的野草灌木。

据考，夏商之时，黄淮一带为古泽国，水草丛生，加之黄河不时泛滥，故而人民只能择高而居。高处筑屋，远观即成"亳"形，这便是地名由来。殷商于此建都之后，"亳"的上半部分，即城中最高大的建筑，亦被赋予象征意义，成为祭祖祈神、占卜祷祝的圣地。

而对于今天的亳州城，花戏楼，在某种意义上，也有着同样的性质。

毕竟地处中原，亳州人朴实，"花戏楼"，无一字虚，的的确确是一座登台唱戏的戏楼。因为戏楼通体极尽装饰，砖雕、木雕、泥塑、彩绘俱是细致入微，甚至连人物须发、牛马鬃毛、水族鳞甲都一毫不乱，整体看来玲珑剔透、花团锦簇，因此被冠以"花"名。

不过，虽然是戏楼，它最重要的观众却不是人。它的建造，首先是为了娱乐一尊神灵。重枣脸，丹凤眼，卧蚕眉，七尺美髯——关圣帝君，这位在明清两朝信仰达到鼎盛的神祇，正一手捋须，一手揽卷，巍然端坐于戏楼正对面。

先有关圣像，再有花戏楼。所谓花戏楼，只不过是一个精心点缀的配套设施。它所属的建筑群，有一个正式名称："山陕会馆"，亳州人也称之为"大关帝庙"。晋商好面子，以身为关圣乡党为傲，生意做到哪里，关帝庙便修到哪里。加之财力雄厚，动辄大手笔，如花戏楼前的那对铁旗杆，每根高十六米，重达十五吨，可见当初一掷千金的气派，亦可想象此庙的豪华。

旗杆如今已是锈迹斑斑。鼓点远去，戏散楼空。然而，当我徜徉于戏楼与关庙之间的天井，仔细在檐柱藻井处观赏雕镂彩绘之时，另一种苍凉却在步步逼近。

"三英战吕布""千里走单骑""三气周瑜""长坂坡""空城计"……戏楼雕饰，最多的便是三国戏，与我在别处看到的并没有什么区别。但我骤然记起，这里，却是曹操的老家！

休说恩怨可以一笑了之。江苏丹阳有个吕城镇，最初乃吕蒙所筑，便历代不建关庙。河北不少地方，也有类似习俗：在祭祀颜良的庙宇方圆十五里之内，严禁拜关羽。关羽与曹操，虽然谈不上与吕颜那样结有势不两立的生死冤仇，甚至曾经有过一段温情脉脉的交往，但毕竟属于敌对阵营，曹操还一度被关羽逼得想迁都以避锋芒。无论怎么解释，关帝庙建到亳州，已经属于带有挑衅意味的踢馆行为。况且，这群山西人，还绝不顾及亳州人的面子，用尽手段雕绘刘关张的英武、曹操的狼狈——"割须弃袍""击鼓骂曹""火烧赤壁""败走华容道"……

可叹的是，亳州人却丝毫不以为忤。此庙一经落成，便轰动全城，进香的、观戏的、游览的蜂拥辐辏，成为亳州第一热闹所在，如《山陕会馆乾隆四十一年碑记》所云："关帝庙内极雕镂藻绘之工，游市廛者每瞻不能去。"

游方郎中赶跑了坐堂医。一幢外来的戏楼照亮了这座古老的城池。上半个"亳"字已被不动声色地替换。一代枭雄,黯然沦陷于自己的故乡。

最后的阵地已失,普天之下,已再也寻不出一座属于曹操的庙宇。还不如华佗,有间小小庵堂,木鱼声中,草木暗暗舒展,直到长成属于自己的寒热温凉、酸辛苦甘。

令我见到花戏楼而想起"亳"字的,还有亳州的底层。更确切地说,是亳州的地下。

火车站、行政中心、电影院、肯德基、麦当劳、大润发,作为一个经济繁荣的地级市,亳州的街道与其他皖北城市大同小异,并没有太明显的地方特色。然而,奇迹就隐藏在这司空见惯的车水马龙之下。

人民路,在随便哪座城市都应该是市中心。踏上那条往下的石阶——石阶入口居然是亳州市人民路上的一间商铺,外墙新贴的瓷砖光洁闪亮。一墙之隔,是间生意红火的眼镜店,门口一对巨大的音箱正酣畅淋漓,循环播放着广场舞曲。

石阶一直往深处延伸。数十级之后,我已经闯入了一个庞大的地下工程。

单行道、平行双道、上下两层道、立体交叉道;猫耳洞、障碍券、障碍墙、陷阱、绊腿板、通气孔、指挥室。借助幽暗的灯光，弯腰低头，背负着整座城市，在狭窄的通道中小心穿行。市井喧嚣早已彻底隔绝，能听到的，只剩下了自己带有回音的急促呼吸。空气沉滞而潮湿，眼镜的镜片渐渐蒙上一层水雾。空间逼仄，手臂不时会触碰墙壁，冰冷、粘腻，忍不住会将其想象成某种动物蜕下的甲壳。

这是一条颇具规模的军用地道。亳州向为皖西北军事重镇，有中州门户、徐兖咽喉之称，兵家所必争，历史上很多著名的战争就发生在这里，也因此留下了很多军事遗迹，地道就是其中之一。根据《三国志》记载，地道战实为当时攻打城池、防护阵地的流行手段，袁绍、曹操都是个中高手。亳州还流传着这样一个故事：曹操起事之初，兵微将寡，但他为了吓住对手，便在亳州城下挖了一条地道，每晚将士兵送出城外，次日再大张旗鼓进城，制造出一个曹家军源源不断增援的假象，直至对手心虚，不战而逃。

对于现代人，这种鼹鼠般的行军方式并不轻松。方向感早已在第一个弯道处迷失，只能根据指示牌佝偻前行。终于，石阶开始蜿蜒向上。阳光重新当头撒下的一刹那，我不由地长长吁了口气。

这是我国现存最古老、保存最完整的地下大型军事设施。我所经行的，只是其中极短的一段。勘探工作至今仍在进行，但已探明部分便至少有八千多米，纵横交错互相通联，而且有多条密道通往城外，未知终点。

地道出口，竖有一块石碑，刻有曹操传世的唯一手迹，是其驻兵汉中时见褒水汹涌而书的"衮雪"二字。字体似篆似隶，行笔豪放洒脱，确有波涛澎湃之势。

亳州人将这座深埋于城底的迷宫称为"曹操运兵道"。这是在花戏楼之外，亳州最重要的古迹。

在我看来，这应该就是"亳"字的下半部分——只有花戏楼与运兵道合二为一，才真正能将一座亳州城书写得骨肉匀停功德圆满。

大地深处的隐秘通道，不正是高台下面杂乱的灌木，那个极少被人认识、常与"毛"混淆的树杈状"乇"字吗？

这个"乇"字充满了神秘。

如此浩大的工程，竟然从未被登记在册，正史野史皆无收载，甚至历代地方志也只字不提；直到1969年，亳州开挖防空洞时才横空出世。而它的具体修建年代也难以说清，只知道其中出土的武器残片从汉末到唐宋，跨度长达一千多年，连文保碑上都只能含糊其词地将其命名为"古地下道"。

亳州经历过的战争实在太多。其实没有任何证据表明，我们看到的这条地道是否与曹操真正存在过联系。然而，它还是被赋予了曹操的名义。

当然，这可以归结为一种对名人的攀附，毕竟当代对曹操的评价已经日趋客观，亳州人提起他时也已不再尴尬。但这个多少有些牵强的冠名，令我感觉到，对于曹操，无论乡党还是外人，潜意识中，还是习惯于将他归为阴暗的一类。就像这条被历史刻意隐瞒的地道，深藏于地底，看不穿首尾，见不得天日，腐臭、森冷、肮脏，存在的目的只是为了输送某种不可告人的阴谋。

金碧辉煌只属于关羽的花戏楼，"曹操运兵道"，区区五个字，却有如一段从天而降的符咒，重重地将曹操封印在了脚底。亳州的地上地下，虽然夯筑得浑然一体，但光明与黑暗，正义与诡诈，竟然隔绝得如此黑白分明。

兵者，不祥之器，非君子之器，不得已而用之。

——《道德经》

无论怎么拔高,曹操首先还是一个兵家,一个以千万人的生命为筹码的残酷赌徒。舞台之上,青龙偃月刀可以尽情挥舞,但一把真正能杀人的凶器,无论世道如何变幻,都应该被谨慎收藏,甚至禁锢,绝不能轻易为外人所见。

正如一条淤塞多年的地道霍然贯通,在已被掏空的亳州城底,我蓦然想到了一种曹操处死华佗的更合理诠释。

这座有些低调的城市经常会令我联想起一种特殊的器具——药厨——一种以横竖多层抽屉组成的专用橱柜,所有中药房必不可少的配置。

穿行于古地道时,我因此出现了这样荒诞的想法:通道的尽头,很可能就是千里之外某个药厨中的一个抽屉——作为最大的药材基地,天下任何一只药厨,它都可以楔入自己隐蔽的据点。

在离地面十多米处,我幻想着,通过无数遥相呼应的药厨,亳州不动声色地用黏稠的药汁攻城略地。

在某种意义上,华佗其实也是一个兵家。

"治身如治国,用药如用兵。"对于医者,撰写药方的过程充满了权谋与博弈,绝不亚于老谋深算的大将军排兵布阵。

首先,他必须了解自己的每一位将士。在中医师眼里，每一味药材都有生命，都具有各自的鲜明性格，有七情六欲，懂喜怒哀乐。因此，很多中药被冠以"将军""盗贼""侠客"或者"君子"之类的名号。衡量一个中医师水平高低的重要指标就是他对于中药的理解。他应该与自己的药物建立起深厚感情，最好还能拥有几种亲密程度不亚于情人的私密品种。

其次，一个合格的中医师在充分考虑到每一味药物秉性脾气的同时，还必须明了它们相互之间的恩怨纠缠。与人间社会一样，中药群体内部也充满了种种尊卑和争斗，情投意合的协同使用会功效百倍，势不两立的陡然接触则会两败俱伤。医家世代传承的"七情和合""十八反""十九畏"，更是直接以人类的情感来比喻药物的配伍。

当足够多的药物被一一招募合理编伍之后，中医师手下就有了相当规模的待命士兵。根据病情需要，他可以随时组建起一支精悍的军队进入人体作战。这个过程同样需要高超的军事战术。比如，他必须在密如蛛网的血管经络中，选择最正确的行军路线；必须决定剿灭敌人的方式：是用汤液的水攻，艾熏拔罐的火攻，或者是直接狙击病灶的针灸，是速战速决，还是从长计议，是迎头痛击，还是围城打援，是重兵压境，还是诱敌深入，是除恶必尽，还是穷寇莫追……

在医学的领域,华佗无疑用兵如神,而那卷《青囊经》,则完全可以被视作一部用医药术语写就的绝妙兵法。

行走于亳州药材市场,我一直为《青囊经》而唏嘘不已。

这本该是天底下最完备的军事基地。虽然看上去大都只是一些树皮干果、草根石块,甚至还有动物的器官干尸,但我相信,只要念起经书中的咒语,它们立即会从漫长的沉睡中苏醒,抽枝发芽血肉丰满,迅速恢复活力,在我面前集结成军,随时听候命令,肝心脾肺、阴阳表里,指哪打哪,赴汤蹈火,决不退缩。

一部被付之一炬,一部被镇压于地底——无论黑白善恶,这两部凝结了当时人类最高智慧的兵书,都已永久失去。

然而,这两部兵书却曾经零距离相遇。

当那枚细如发丝的银针悬于曹操的头顶——目光彼此对视之际,作为被解除武装的一方,曹操感受到了从未有过的巨大威胁,也有一种彻底裸露的惶恐。华佗匪夷所思的医术,无疑很容易令他联想起那位神医扁鹊——传说中,他有一双能洞察一切的慧眼,甚至能看穿墙另一侧人的五脏六腑。

谁都有不可告人的隐疾。他不知道华佗能在自己身上看到什么,但他绝不允许任何形式的窥探,尤其是同样谙熟兵法者居高临下的目光。作为一个以诡道经营天下的阴谋家,他始终牢记老子的那句话:"鱼不可脱于渊,国之利器不可以示人。"就像丛林中的狩猎者,他必须将自己的呼吸、血压、体温,甚至心跳,都压制到最低限度:只有无边无际的黑暗,才能给予他足够的安全感。

而这竭力掩饰的一切,却有可能瞬间在一枚银针之下原形毕露。

正如窥破了曹操心机的杨修,华佗同样必须死去。

华佗留给亳州的,只剩下了一套五禽戏。虎鹿熊猿鸟,纵跃腾挪之间,隐约还能看出所模仿动物的特点。

似虎非虎,似鹿非鹿。这套号称华佗亲传的保健体操,令我又疑惑起来:有没有可能,是我们过度解读了这场杀害?

如猿纵林,如鸟腾飞。五禽戏,是华佗假借鸟兽表达的对归回山林的美好憧憬吗?他迟迟不肯回到许昌,能不能理解为一种对自由遭受剥夺的本能抗拒?

他与曹操之间的矛盾,本质上是否可以定性为个体与组织之间不可调和的冲突？换个角度看，曹操的运兵道就像一只蛰伏于地下的巨型蜈蚣，以仰卧的姿势，牢牢攫抱住这座城池——每一株草木、每一座屋宇、每一个行人，其实都已经被触须暗中控制，无论是谁，企图逃离，便会遭到无情的绞杀。

自由，个性，逃离。华佗会不会只是一只漫游的飞蛾，不小心落入了这座被劫持的城池？

这个念头使我记起了学术界的某种说法。一些医史学家考证出，华佗的很多治疗方法在印度医学中都有所记载，他的麻沸散中主要药物曼陀罗花也是印度所产，因此他们提出华佗很有可能来自印度。

史学大家陈寅恪也力主此说。他的理由主要有两点：一、华佗这个奇怪的名字其实源自印度药神阿伽佗；二、华佗的医案与后汉安世高翻译的《佛说奈女耆域因缘经》所载神医耆域的医案基本雷同，"显为外来神话，附益于本国之史实也"。

陈寅恪还进一步推论，不仅华佗其人有问题，即便是《三国志》中为人所津津乐道的"曹冲称象"，也有全盘抄袭印度民间故事的嫌疑。

大师不依不饶，甚至对曹操杀华佗也产生了质疑，因为这明显是那位印度神医耆域的亲身经历:"耆域亦以医暴君病,几为所杀。"

麻沸散不一定可靠,《青囊经》不一定可靠,华佗不一定可靠,曹冲称象不一定可靠,曹操杀华佗也不一定可靠……

多米诺骨牌连续坍塌。整座亳州城,除了似是而非的五禽戏,唯一可靠的,难道只有那座由铁旗杆镇守的花戏楼?

花戏楼上,舞台左右两扇小门,分别题有门额。一为"莫须有",一为"想当然"。帝王将相,才子佳人,皆由这两扇门进出,再无别路。

我忽然意识到,亳州一带,还是中国最著名的几位智者的故乡:出过老子,出过庄子,还有那位以酣睡悟道的陈抟老祖。

难道,我的亳州之行,如庄周梦蝶,只是一场大梦?

这世间,真的有过曹操与华佗这两个人吗?

真的存在亳州这么一座城池吗?

恍惚间,檀板轻敲。戏楼后台,隐约响起了橐橐的靴声。

祈风之城

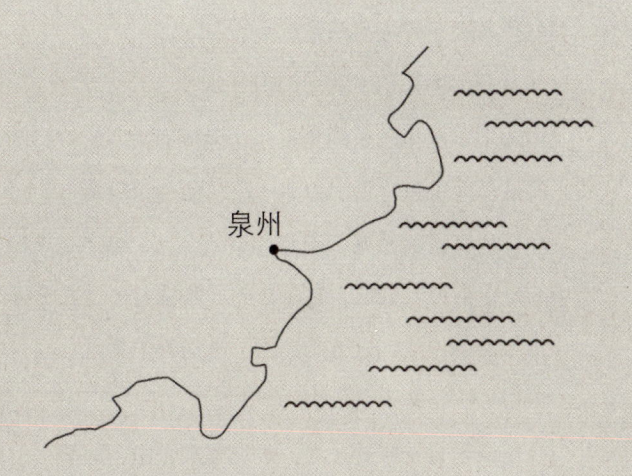

福建·泉州

泉州

酣畅淋漓的红。深浅不一的红。大片大片的红。鳞次栉比的红。两两相望的红。此起彼伏的红。连绵不绝的红。首尾呼应的红。

赭砖赤瓦,凹腰两头翘的燕尾状屋脊,加之纤长的挑檐、艳丽的装饰,每幢房子都像是跳跃的火苗——这简直是一座华服艳妆、以舞蹈姿势站立的城市。

第一眼,泉州就给了我奔放而轻盈的印象。这在其他古城中是极为少有的,毕竟压抑与沉重才是最符合沧桑的气质。

这种轻与重的错位,令我在泉州的行走,经常会有眩晕的感觉。

就像踩在一艘摇晃的老船上。

我对泉州的探访,从涂门街开始。

因为形状酷似一条鲤鱼,泉州老城有个"鲤城"的别名。而这条鲤鱼鱼脊正中的那一段,便是涂门街。

涂门街自古就是城市中心,直到今天,也还是泉州最繁华的一条街道。据说,它每年的人流量至少有五千万。

用朱熹的说法,这五千万人,来历都不平凡。

"此地古称佛国,满街都是圣人。"

泉州城里有一座开元寺,数百年来,山门两侧一直挂着这副朱熹所撰的对联。

开元寺始建于唐武则天时期，至今规模为福建省之最，寺内有一对唐末石塔极为出名，号称国内最高。传说涂门街便是因为当初建这对塔时用来堆放土石而得名，只是后来叫雅了，"土门"变成了"涂门"。

朱熹的联语虽然夸张，但应该也是有感而发，因为我也有类似的感慨。

同一套斑马线和红绿灯竟然指示出这么多方向的皈依。在只有千把米长的涂门街上，我依次见到了泉州府最高级别的文庙，始建于北宋的清真名寺清净寺，供奉关羽与岳飞的通淮关岳庙。我还知道，就在街南的几公里外，还有一座在海内外妈祖信众中影响力极大的天后宫。

短短的涂门街通往所有的彼岸。我从来没有在同一块街区遭遇过如此密集的神殿，但我也清楚，自己所看到的不过只是这条鲤鱼的几片散鳞。道教、佛教、伊斯兰教、基督教、天主教、印度教、犹太教、神道教……在这座城中，几乎能找到任何一种传统宗教的遗存，包括全世界现存唯一的摩尼教寺庙草庵寺。

而除此之外，泉州还有大量闽南本土的信仰。

广灵宫。龙会水尾宫。大哥公正神。

前往涂门街的途中，我至少经过了三座完全不知道底细的神庙。

说是神庙，其实只是经过改造的普通民宅，有一座还是排屋的底层，庙门上方的每层窗台下都晾着衣服。它们都只有一两间店面大小，其中两座在狭窄的弄堂深处，一座在居民小区里，夹在三幢品字形的小高层中央。

每座庙前，都有积满了香灰的香炉。

这是一座被无数神祇托举着的城市。根本没有人能够数清楚泉州城里到底摆设了多少张香案，据说甚至有一只白狗也受到了郑重的专庙祭祀。而对于泉州人，谒庙敬神与上菜场买菜，同样是不可或缺的日常。

看着匍匐在关岳庙的门外虔诚叩首的香客——香火实在太凶猛，很多人连殿门都挤不进去——我忽然有些理解了泉州独特的建筑风格。

信仰是有力量的。每炷香燃起的烟，都可以视为一次对于云端的攀缘。当这些烟交织成网、聚结成绳，一块原本沉重的土地，便会在人心中变得轻盈起来。

似乎只要一阵风，这座遍布神殿的城市，便能够向着天空缓缓飞升。

等风来，原本就曾是泉州最重要的一件事。

位于泉州市西郊七公里的九日山，峰峦峥嵘溪涧湾漾，历代都是邑人登高游览的胜地，也因此留下众多古迹。而其中，以十余方宋元石刻群最为珍贵，因为被它们用文字钉在山崖上的，是一阵阵千年前的风。

九日山下的延福寺，每年都会举行隆重的祈风大典。与通常的民间自发祈愿不同，这个典礼属于传承有序的政府行为。从郡守到县令，从宗室到统军，整个泉州府的军政要员几乎全部参与，仪式的档次之高、规模之大，足以想见。

每块石刻都详细记录了该年祈风的具体时间以及参加的主要人物。有多处文字提及，典礼结束之后，意犹未尽的官员们还会相携游山，"陟西峰，探石穴"，在九日山中遍访前贤名胜，特别是"君谟"的旧游之地。

"君谟"是蔡襄的字。这位蔡襄，便是与苏东坡并列为"宋四家"，"苏黄米蔡"中的"蔡"。他曾经两度出任泉州太守。

蔡襄也多次以地方长官的身份来九日山祈祷。稍有区别的是，每次到九日山，他的求祷对象都是雨而并非风，无一例外。

从祷雨到祈风，看似只有小小调整，却是意味深长。

风调雨顺实际上是两回事。

对这两种自然力的崇拜,本质上分属不同时代。一位农夫,通常情况下,对雨水的依赖远远大过风。

而水手则正好与之相反。

农夫与水手的联想令我意识到,这种风雨之间的转变,很可能就是读懂泉州的一个关键。

我在万安桥头见到了蔡襄的石像。石像堪称巍峨,目测有四层楼高,应该超过十米,纱帽朝服,背手而立,甚得神韵。

蔡襄在泉州最大的惠政,便是主持修建了这座石桥。

桥两头有石佛塔和石将军,桥心有石观音与石灵官,桥身中央甚至还建了一座小庙。所有的神像前都有香火的焦痕。毕竟是在泉州,连一座桥都神佛林立。

桥下是一片泥滩。我看到上面有很多细密的窟窿,许多纽扣大小的褐色螃蟹成群结队进出,偶尔还能看到跳跳鱼。有七八艘舢板船或深或浅地陷在泥里,靠我最近的那艘,甲板上凌乱地扔着一件雨披。

它们应该是在等待海水涨潮。

位于江海汇合处的万安桥是我国现存最早的跨海石桥。它不仅与赵州桥齐名,在世界桥梁史上也有相当重要的地位，尤其是它开创的"筏形基础"和"种砺固基"，更是史无前例的伟大发明。

所谓"筏形基础"，即沿桥梁中线抛石成堤，再于其上筑建桥墩。"种砺固基"，则是世界首例把生物学应用于桥梁工程的创举，即利用牡蛎外壳附着力强、繁生速度快的特点，在桥基和桥墩上养殖牡蛎，使其牢固地胶结成整体。

那几艘舢板中应该就有护桥工人的作业船——我在万安桥那些用长条石交错垒砌的尖头桥墩上，看到了层层叠叠如岩片一样的牡蛎。

三百六十丈长，一丈五尺宽，四十六墩，五百雕栏，兼有七亭九塔四武士二十八石狮。在蔡襄的时代，这绝对是一个极其浩大的工程。从投下第一块基石到最后竣工，整整花费了六年零八个月，耗资更是高达一万四千两白银。

万安桥的落成，想必会为主持人蔡襄带来莫大的自豪。他不仅让人在桥的两岸分别栽下了七百棵松树，还专门为此桥写了一篇记，并勒石为碑，立于桥头。

我在桥南的蔡襄祠中见到了这块因文、书、刻俱佳而被誉为"三绝"的宋碑。在碑记的末尾，蔡襄提到，就在桥建成的这年秋天，朝廷调他回去；而他应召赴京时，走的就是这座桥。

近代以前，万安桥都是闽南乃至广东北上京城的必经之路。

万安之名源于不安。未成桥之前，这里就是一个繁忙的渡口。然而，由于江面宽阔，潮狂水急，常常连人带船翻入江中。

蔡襄改渡为桥，功德无量。只是，即使他这位创造者，也未必悉知这座桥的全部意义。

万安桥在蔡襄眼里是应该朝向北方的。他出生在泉州府的仙游县，像所有的闽人一样，他也无比渴望故乡的突围。

三面环山一面临海，福建的地貌其实相当封闭。四处阻隔的交通，令福建在中原人印象中成为榛莽丛生的蛮荒之地。"闽"字本意便是门内有蛇，也就是长虫，意思是蛇虫出没的山林，而闽地的先民古越人，更是被视作以蛇为图腾的化外族群：地是"不居之地"，人为"不牧之民"，长期遭到歧视。

不过，这种闭塞，却令闽地在乱世中成为一方远离战场的乐土。从"五胡"到安史，到唐宋交替，每逢中原战乱，便有大量北方人入闽避乱。直到今天，问起福建人的来历，很多人还会说自己的老家在河南，而包括泉州在内的整个闽南，所用的方言寻根溯源，都属于河洛语系。

这些操着标准官话的落难者，不仅为闽人带来了先进文化，也将他们的思乡之情寄托在了这块陌生的土地上。

万安桥，有一个别名，叫"洛阳桥"。因为它横跨的，是一条名为"洛阳"的江——这个名字是中原来的难民首先叫出来的，因为他们觉得，这条江水的景色，像极了他们回不去的都城洛阳。

洛阳江是泉州最重要的两条河流之一。还有一条是发源于戴云山的晋江。故老相传，之所以以"晋"为名，便是为了纪念那个碎在黄河边上的王朝。

虽然随着移民的输入，闽地得到了迅速的发展，但这块原本自得其乐的蛇虫之地，却在亦步亦趋的模仿中，越来越向往高高在上的北方。

为了能够缩短与中原的距离，闽人竭尽全力。铺设桥梁，全方位连接帝国的驿道系统，就是他们所能想到的打通阻隔的最有效方式。不知从什么时候开始，这样一句谚语终于在整个中国流传开来："闽中桥梁甲天下。"

这句古谚还有下面一句："泉州桥梁甲闽中"。洛阳桥的巨大成功，掀起了泉州延续数百年的造桥热潮。根据地方志统计，从宋至清，泉州本府及所辖七县，仅名称、地址、事迹可考的石桥就有397座。

而正是这些桥梁，为这座古城的蜕变做好了准备。

对于泉州，在蔡襄的时代，万安桥的最大价值无疑还是联通中原、联通正统。人们往往会忽视，这座石桥，联通的还有江河与大海。

那数百座长短不一的石桥，一丈一丈地疏通着这块陆地的经络，最终完成了与海洋的无缝对接——"闽"字其实始终网开一面，只需要转过身去，泉州，乃至整个福建，便能够海阔天空，它甚至拥有仅次于广东、全国第二长的海岸线。

洛阳江与晋江的名字从来不曾具有过如此巨大的象征意义：万安桥事实上已经为古老的帝国连接上了整个世界——或者说，通过石桥与驿道交织成的网，泉州为大陆捕获了海洋。

早潮晚潮，每日两次的淡咸水交汇冲刷，逐渐改变了这方水土的性质。依照中原古法的春种秋收，已经越来越难以满足泉州人的需求；而那部传自黄土地的二十四节气，也被一一标注上了潮汛与风季——越来越多的农夫学会了扬帆掌舵，这座城市一天比一天地靠近海洋。

终于有一天,泉州人惊诧地发现,自己对风的敏感竟然超过了雨。而且,这些沿海而居的人们,对风的心态也有了改变,不再像从前那样更多只是畏惧,甚至开始期待风的到来。

九日山祈风石刻中年代最早的是南宋淳熙元年(1174),距离蔡襄去世,大约百年。

短短一个世纪,一座城市最大的诉求,便从祷雨改成了祈风。

祈风仪式每年举行两次。一在春夏之交的四月,一在秋冬之际的十月或者十一月;一祈南风,一祈北风;一为送客,一为迎宾。

"北风航海南风回。"木帆船时代,风是远航最主要的动力。然而,在海洋上,风又是最危险的颠覆力量,它的桀骜与暴戾,同样需要最虔诚的安抚。

由于海湾曲折水道深邃,又地处亚热带终年不冻,早在唐朝,泉州就已经是全国的四大海港之一。不过它真正的崛起,却开始于南宋。

金人北下,宋室南渡。陆地上的损失,逼着一个来自中原的王朝学会了向海洋索取:南宋很快成为中国古代史上海外贸易最发达的朝代。而凭借离都城临安更近的优势,在南宋之初的绍兴年间,泉州就超越广州,发展成为世界级别的超级港口。根据史籍记载,东亚、东南亚、南亚、西亚,直至非洲,通过海路与泉州发生贸易往来的国家至少就有六十多个。绍兴末年,泉州港的商业税收,已高达每年百万缗,占到了整个南宋政府年财政收入的五十分之一,而且这个数目还在每年大幅递增。

"车马之迹盈其庭,水陆之物充其俎。"每次祈风,都是全体泉州人的狂欢节,严肃的祷祝之后,他们会用丰盛的酒席,将祀典推向最高潮。连贪婪的官府都会拨出一笔专门的款项,用来招待各个国家的商客,平日里不苟言笑的地方官也会轮流向他们敬酒,并发表热情洋溢的讲话,以风的名义祝福每一艘商船,既为他们饯行,同时也欢迎他们来年满载而返。

万众祈祝中,一个风的盛宴破浪而来。

宝货:象牙、犀角、珍珠、珊瑚、翠羽、玳瑁、水晶、砗磲

香料:蔷薇水、安息香、檀香、丁香、降香、胡椒、豆蔻

药物:人参、麝香、龙脑、乳香、没药、官桂、

木香、阿魏、石决明、芦荟

　　布帛：番布、吉贝布、丝金绵、驼毛布、兜罗锦

　　杂货：槟榔、椰子、波罗蜜、乌木、苏木、硫黄、水银、鹦鹉、猩猩

这是一张从各种记载中整理出来的货单，所列不过是最常见的一小部分。据不完全统计，经泉州港输入中国的商品，仅宋代至少就在四百种以上。

与此对应的还有另一张由泉州出海的货单：

　　丝绸、瓷器、锦缎、茶叶、米酒、砂糖、桐油、雨伞、草席、漆器、梳子、黄连、大黄、川芎、白芷、铁锅、铜壶、钢针、毛笔、纸张、胭脂、朱砂……

就像一座架设在海洋与陆地之间的天平，泉州在南风与北风的轮回中，皆大欢喜地交换着整个地球的东方与西方。

公元1291年冬天，马可·波罗从大都来到泉州。与我一样，他也曾经被这座城市炽热的红色所震撼，以至于将它称为"光明之城"。

泉州港的繁荣,令这位见多识广的旅行家惊叹不已。尤其是他注意到,经过泉州运往内地的胡椒,数量多得惊人,连亚历山大港转输到整个西方世界的,恐怕都不及这里的百分之一。他断定,泉州不仅是东方第一大港,还应该是"世界上最大的港口之一。"

宋元之际,泉州港达到了鼎盛。它甚至成为中华帝国外交上的坐标,被视作起点来衡量东西洋各国的航程,比如《元史》的"自泉至马八儿约十万里",《异域志》的爪哇国"自泉州发舶一月可到"。

泉州的居民构成前所未有的复杂。除了汉人与蒙古人,来自阿拉伯、波斯、叙利亚、也门、亚美尼亚、印度、爪哇、吕宋,以及非洲和欧洲,黄白棕黑,各种肤色,各种装扮,各种语言的男女,随着潮水从海的各个方向涌上岸来。

那些"万国博览会"似的信仰,大部分就是这个时期传入泉州的。所有的货物都有神龛随行——远涉重洋的商贾,尤其需要心灵的慰藉。随着陆续到来的商船,建庙代替修桥,成为泉州最盛行、最不计成本的工程。阿拉伯式、波斯式、印度式、意大利式,一座又一座不同风格的教堂在泉州落地生根。而寄居身份与和气生财的商业宗旨，则令它们原本水火不容的暴烈脾气收敛了很多，开始尝试着在新大陆上比邻而居，关起门来各自修行。

在十三、十四世纪，泉州在世界的影响力就像当代的纽约与巴黎。包括马可·波罗在内，欧洲人所称的"中世纪四大游历家"，全部到过泉州；而当时几乎所有与中国有关的记录也都少不了泉州的部分，甚至到了十五世纪七十年代，哥伦布还极其向往这座繁华得像是神话的国际商贸大都会。

但哥伦布却不知道，当他还在为世界的东方激动不已时，那座闪耀着红色光芒的泉州港，却早已关紧城门，抽掉跳板，封闭了所有的码头。

涂门街上有条不到一百米长的小巷，叫三十二间巷。因为宋元时期，这里曾有过三十二间一模一样的房子，每间房中，都住着一位绝世美女。

她们其实只是一套象棋棋子。三十二间巷，还有一个别名"棋盘园"——我在一处临街楼盘上见到了这三个字。

当年，泉州城南一带，包括涂门街在内，周围三百亩，都是蒲寿庚的地盘，其中花园、书轩、讲武场、厨房、祠堂一应俱全。三十二间房便是他的棋室。每与客对弈，便划地为盘，美女为棋，双方登楼指挥，以决胜负。

南宋后期开始，蒲寿庚便已经是泉州的祈风领袖。

十三世纪初，蒲氏家族迁入泉州。这些阿拉伯人的后裔，秉承先祖的经商天赋，很快成为泉州首屈一指的顶级富豪，蒲寿庚还因协助朝廷抵御海寇，被授权统领福建海防，主持泉州市舶司。显赫的权力与雄厚的资本，令蒲氏成为宋元鼎革之际一枚举足轻重的棋子。

然而，关键时刻，这位东南沿海的"无冕之王"却背叛了宋朝。

公元1276年三月，元军攻破临安。陆秀夫、张世杰等孤臣带着端宗南奔泉州，希望能得到蒲寿庚的帮助，以图恢复。但他们万万没有想到，蒲寿庚居然紧闭城门，将自己的皇帝挡在了城外。双方撕破脸后，蒲寿庚杀光了泉州城内所有的皇族成员——南渡之初，宋高宗将三百多位宗室子弟迁至泉州居住，到了宋末，已扩展为三千多人。

当年十二月，一个寒冷的北风季节，蒲寿庚将泉州城献给了元兵。

对蒲寿庚当年下的这局棋，至今争议不休。主流自然是批判。他的背信弃义，足以将自己划入历史上最奸邪的乱臣贼子之列，有人甚至指责他为南宋最终亡国的真正罪魁：因为所有成年、有能力组织反抗的宗室都被他杀了。

不过也有声音为他辩解，说宋室已经不可救药，他的弃宋降元，客观上使泉州城逃脱了战火的毁灭。更何况，蒲氏原非汉人，本来就不能以忠君爱国那一套来要求他。

献城之后，元廷继续重用蒲寿庚，蒲氏家族的势力在泉州又延续了将近百年，直至被陈友定镇压——元末大乱中，这些蒲寿庚的子孙故伎重演，想再次从日暮途穷的朝廷手里夺取泉州。

只是他们未能复制先祖的成功。而泉州，也因为双方的来回厮杀，遭受了巨大的破坏，甚至一度出现了人吃人的惨象。

泉州的衰败已经无法挽回。蒲氏在入明以后不仅失去了原来的地位，因朱元璋的憎恨，蒲寿庚更是被鞭尸三百。随后，朱元璋下令，濒海之民禁止私自出海，连捕鱼都不行。中国的海外商贸受到了严格限制。泉州被规定为只对琉球开放，以朝贡的名义。

数百年之后，很多历史事件已经很难说清楚因果。

比如明朝的海禁。在这个对海洋态度的骤然逆转中，作为最重要的海港，泉州所受的冲击固然最大，但换个角度，它未尝不是促使这条政策出台的重要诱因。

同一个家族发动的两场叛乱，一场成就了泉州的黄金时代，另一场却导致了这座超级国际商港的没落。

事实上，在此之后，泉州还发起过另一场叛乱。虽然那场叛乱只是在纸张上进行，但在某种意义上，它对帝国造成的冲击，远远超过了蒲寿庚的武装船队。

"和尚痛否？"

"不痛。"

"和尚何自割？"

"七十老翁何所求。"

这场对话其实是以指为笔，在对方掌心上写字来回答的，因为被询问者已经没有办法开口说话。

就在刚才，他趁理发之机，用一把偷偷藏起的剃刀，割开了自己的喉咙。两天后，他终于死去。

这个以惨烈方式离开的人，便是这场叛乱的发动者，也是唯一的亡者。

公元1602年暮春，一位七十六岁的老人在京城的牢狱中自刎。从涂门街关岳庙斜对面的胡同一直往南走，大约四十分钟后，我见到了这位老人的故居。他叫李贽。

那只是一幢临街的砖木二层普通民宅。开间很小，只有四扇约莫尺半的门板。左右都是简陋的杂货铺，红砖裸露，檐下拉扯着杂乱的各种线路。

局促与贫寒一如当初。我记得李贽有两个女儿,是在饥荒中饿死的。

李贽出身于一个海商世家,六世祖之前,祖辈都是泉州的商界巨子,但在明朝海禁之后迅速衰落;到了曾祖父那一代,已经完全沦落为贫民,以至于连丧葬费都出不起,停棺五十多年无法安葬先人。

李家的盛衰,正是泉州气运的缩影。从祖父那一代起,李家终于调整了生存模式。他们将振兴家业的希望由商业改成了读书。李贽的前半生,走的就是这条回归正统的路:苦读,科考,做官。五十周岁那年,他被任命为云南姚安知府。虽说偏僻,但这毕竟是五品官阶,李贽的仕途并不黯淡。然而,三年任满之后,他不顾上司的一再挽留,递交了辞呈。

他说自己从小就不受管束,官场的污浊更是令他绝望。他只是为了养家糊口才不得不委屈自己。而现在,该饿死的已经饿死,靠着这些年出卖尊严得来的积蓄,活着的已经能够活下去。如今已过天命,余下时间不多,他也该为自己活了。

一场席卷全国的文化风暴,就在这个不起眼的转身中悄然酝酿。

数年之后,这位自我放逐的前知府,已是帝国最耀眼的学术明星。

工部尚书刘东星亲自请他前来写作;状元焦竑替他主持新书发布会;文坛巨子袁氏三兄弟陪他一住就是三个月;意大利传教士利玛窦三次与他进行宗教交流;全国各地更是轮流邀请他讲学。无论李贽在哪里开坛,都是满城空巷,听众遍及三教九流,和尚、樵夫、农民,甚至连女子也不顾矜持,前来听讲。

但更多的人却将李贽视作洪水猛兽。所到之处,辱骂声不绝于耳,甚至遭到驱逐,有人还准备雇凶杀他。他寄居过的一座寺庙,也被愤怒的乡人捣毁焚烧。

李贽的每一部著作都是在向圣殿开炮。他认为孔孟之道绝不是唯一标准,每一个人都应该有自己的独立思想,自为是非。为此,他专门撰书,重新评价了数千年的历史人物。传统的暴君秦始皇被他赞誉为"千古一帝",造反的陈胜是"古所未有","女祸"代表武则天为一代"圣后"……清官以道德杀人,危害往往比贪官更大。诸如此类,无一不是惊世骇俗之论。

除了撰述,李贽的言行更令人咋舌。他不仅自己出入声色场所,还鼓励亲弟狎妓,劝寡居的儿媳改嫁,承认好名好利好色好吃都是无可厚非的人伦至理。自己更是为老不尊，与女弟子书信暧昧往来，对官员嬉笑怒骂。有一次，江夏以官方的名义登门礼请李贽去县学主持讲席，他到场坐了一会，却一言不发；出门来到街上，看到一群无赖少年正在饮宴欢歌，竟欣然加入，极乐而归。

那把剃刀早已埋下伏笔。李贽其实并不是和尚，但在面对卫道士气势汹汹的围攻时，他毫不退缩，旗帜鲜明地承认自己就是离经叛道，干脆自行剃发，不僧不俗不官不民，以成就世俗眼中的异端面目。

最终，连数十年不问政事的神宗皇帝都知道了有这么一位异端。以"惑世诬民"的罪名，他批准了对这位致仕官员的逮捕。

同时发出的，还有一份对李贽全部著作的禁毁令。

最后的李贽，这样一个情节令我嘘唏不已。

朝廷实际上并没有杀他的打算，而只想把他递解回原籍。但正是这个决定令李贽下定了求死的决心。

辞官之后，李贽浪迹天涯，再也没有回过泉州。

他曾经严厉地责备前来苦劝自己回家的亲人，说剃发其实也是给他们看的。他希望从此老妻与子女，都当作自己已死，"出家者安意出家，在家者安意做人家"，彼此两无牵挂。

我始终在思考究竟是什么,令一位垂暮的老人如此决绝地割舍亲情与故乡。

我又想起了风。

直至能量耗竭而消散,风是绝不会回头的。

这位来自"祈风之城"的思想家,会不会把自己也想象成为一阵风,一阵能够输送新鲜空气,能够鼓舞生灵,能够激活这块古老大陆的海天之风?

李贽对历史人物的评判,对孔孟是非的质疑,实质上属于以一种海洋视角,重新观照整个中华民族的前世今生。他幻想着用海水的腥咸与烈性,去唤醒这个已经陷入沉睡的老迈帝国。

用自己的后半生,他进行了一场以一人敌一国的悲壮远征。

当然,他也可能从未有过如此宏大的理想。"生在中国而不得中国半个知我之人,反不如出塞行行,死为胡地之白骨也。"作为水手的后裔,李贽无疑比任何人都难以忍受一座港口的禁锢。他所有的努力,也许只是为了替自己找到一块自由呼吸之地。

他最终还是因为窒息而死。

但这场从泉州出发的风,终究已经抵达了帝国的心脏。

李贽故居面对一个宽阔的庙前广场。广场对面,就是那座始建于南宋,据称海内外礼制规格最高的妈祖庙。入元之后,这座庙代替九日山成为祈风的场所,至今香火极盛。

在金碧辉煌的神殿中,我看到了一块"海不扬波"的大匾。我记得洛阳桥上也有一块意义类似的碑刻——"万古安澜"。

这种对动荡的畏惧,使我想起了另一个与李贽同时代的泉州人——俞大猷,这位与戚继光齐名的名将,一生最大的功绩,便是为帝国挡住了从大海上扑来的风。

龟背之城

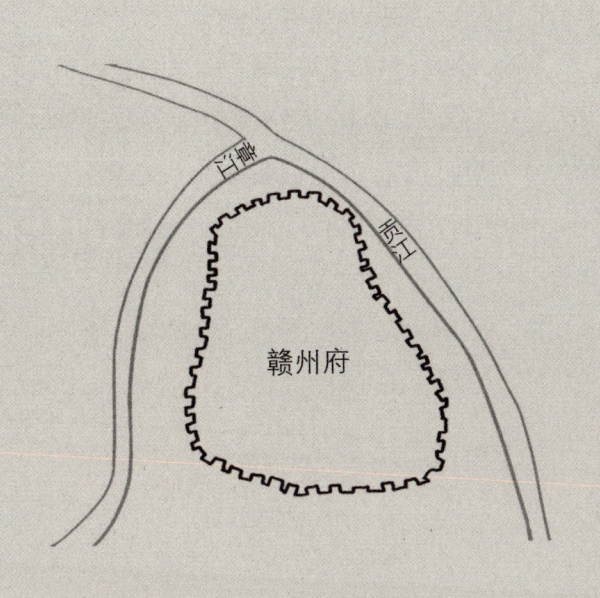

江西·赣州

赣州府

章江 / 贡江

从惠民桥西的埠头上岸,过建春门便重新进入了赣州城。穿过门洞时,我下意识地跺了跺脚。

脚下的大地纹丝不动。

有些突兀的脚步声,经过门洞的折射,听起来空旷而虚幻,就像来自某个面目不清的遥远朝代。

行走于惠民桥,我只要加重落脚的力度,整座桥面就会微微摇晃,恍如身在船上。

我的确是在船上。惠民桥是座浮桥,四百多米长的桥身由一百多只木船拼接而成。每只木船长约五米,平行排列,每三只为一组,束以缆绳固以铁锚,再铺上木板;如此三十多组依次拼接,便横跨了章江。

傍晚,有风。桥头卖鱼,桥上行人,两侧桥沿面水依偎着对对情侣,江上则有渔民驾船撒网。我所见到的惠民桥忙碌、低调,却亲切。不过我知道,这座浮桥,已经使用了八百多年,它的始建者,是写过《容斋随笔》的宋人洪迈。

惠民桥,或者称建春门浮桥,是赣州城一大古迹。不过此刻目力所及,眼中最古之物还不是浮桥,而是章江西岸的城墙。

洪迈是南宋人,而至今残留的赣州城墙,最早却可追溯到北宋——赣州人说，他们的城墙是世上仅存的宋墙孤品。更具传奇性的是，城墙围起的赣州城，竟然是一只乌龟的形状。

遥望赣州城，城楼高耸、连绵，断续的垛口就像是远古异兽石化的骨节。

站在惠民桥头，我嗅到了空气中若有若无的腥气。

在建春门门洞内跺脚，正是因为惠民桥令我记起了那个传说。传说中，类似于浮桥，赣州城也是一座漂在水面的城市。

故老相传，赣州城底，有一只巨大的乌龟，将整座城池驮在了自己的背上。因此，赣州城可以随着江水涨落而浮沉，却永远不会被淹没。

为了证明这个传说的真实性，赣州人还会举出一个实例。三年前，一场连续强降雨袭击了大半个中国，广州、南昌等数十个城市内涝成灾，北京甚至有人在车内被淹死；而同样遭遇暴雨，处于广州、南昌之间的江西省第二大城市赣州却安然无恙，市区没有出现明显内涝，甚至没有一辆汽车泡水。

这点雨水算什么，咱赣州城千年不涝！提起此事，平素内敛的赣州父老满脸自豪与张扬。只是……很多人的语调随即低沉了下来。

只可惜……

关于那只乌龟，传说中有着悲剧的结局。

话说当年朱元璋清剿陈友谅，派常遇春打赣州。常大将军在别处战无不胜，可在此围攻数月却毫无进展，无奈之下，只得搬请军师刘伯温。刘伯温查看地形，见赣州城三面环水，便在江上筑坝堵水淹城。不料水漫多高，城便浮多高。刘伯温纳闷，重新细观赣州城，良久方才恍然，随即下令赶铸五根巨型铁柱，指点几处方位，命人钉入地下。此后放水再淹，赣州城竟不浮起，三五日便破了。

巨龟不幸，被刘伯温识破了原形。五枚铁柱钉住的，正是巨龟的四肢与尾巴。从此，那只老龟被牢牢钉死在了大地之上。

据说，随着铁柱一寸寸夯入，赣州城外的江水开始一股股泛红，三日之后，整条江面都被染成了赤色。血一样流淌的江水，凄艳、苍凉，就像此刻夕阳下的章江。

没想到，我竟然亲眼见到了那几根传说中的铁柱！

从建春门顺墙根北走，半小时后，便到了八境台。这座建于城墙之上的三层挑檐宋式城楼，是赣州城标志性的景点，始建于北宋嘉祐年间，因苏轼曾题咏《八境图》而闻名，现已开辟为公园。

园内颇有几件神秘之物，除了几尊无头将军的石像，赫然还有两根桅杆粗细、两米多高的锈蚀铁柱。铁柱是前些年修整古城时挖出的，初步认定，这很可能就是刘伯温镇水的遗物。

一刹那间，传说与史实如此密切地搅在了一起，我不禁微微有些迷惘。

正如铁柱之于刘伯温，赣州城的种种传说，听起来或许荒诞，但其实都是有根据的。比如龟形的城池。尽管赣州建城历史久远，但几经兴废，现存赣州城，于唐末卢光稠时始成雏形。卢光稠是本地土著，趁着天下大乱，割据赣南二十六年。在此期间，他以赣州为王城，进行了大规模扩建。有足够证据证明，这次赣州扩建工程的总规划师，便是杨筠松。

与刘伯温一样，杨筠松也是个上知天文下知地理、极富传奇色彩的人物。他是一代堪舆大家，被后世尊为"赣派风水地理祖师"，据说还做过唐僖宗的国师，因怜贫恤苦，民间多称其为"杨救贫"。将城池建造成巨龟之形，正是这位大师窥破此间山水奥秘后的得意设计。

浮城与淹城，是否可以理解为杨筠松、刘伯温这两位不世出的智者，相隔四百多年的斗法？那几枚铁柱，是否类似于医家手中的银针，只不过刘伯温戳中的，却是一座城池竭力掩饰的死穴？

当然，赣州城千年不涝，还有着更为合理的解释。除了铁水浇筑的砖墙本身具有相当有效的防洪能力（这也是赣州城在元初尽拆天下城墙政策中得以幸免的原因），最大的功臣，是北宋熙宁年间的赣州知州刘彝——我在八境公园内也见到了他的铜像。官员的身份之外，刘彝还是一位著名的水利专家。赣州任上，他主持修建了一整套排水系统，根据地形的高低落差，采用自然流向，将全城的雨水、污水排入江中。

刘彝打造的排水系统至今仍为世界各国的专家所赞叹。只需列举一个细节，便可说明他在水力学领域的高深造诣：刘彝在排水口安装了十二个经过精密计算的水窗。如江水水位低于水窗，则借沟道之水力将窗门冲开排水；反之则借江水水力将窗门自动关闭。如此既可顺畅排水，又避免了江水倒灌。

刘彝将这套排水系统分为两大沟系。此时，他又表现出了强烈的文人气质——他竟将排泄污水的沟渠，设计成两个覆盖全城的篆体大字：东南为"福"字，西北为"寿"

字——此套排水系统因此得名"福寿沟"。用福寿二字，刘彝在赣州城下修建了一座纵横交错的迷宫。

挖地三尺，在那只想象中的巨龟背上刻下福寿符箓，这是否就是刘彝向前辈杨筠松致敬的独特方式？

如今，这两个人间最美好的汉字，悄然潜行于车水马龙之下，成为龟甲最深处的纹理。所有的笔画依然连接着江水，笔画尽头的水窗依然反复开阖，这座不再浮动的古城，依然脉络分明，吐纳畅通。

八境台下，西行的章水与东行的贡水汇合，联袂浩荡北去。而八境台，连同台下的滩地，被三股倒"丫"字形的江水，夹成了一个尖头朝北的犄角。

龟角尾。赣州人对这块滩地的命名，使我突然发觉，如果以龟喻城，那么赣州这只巨龟，千年以来，保持的竟是一种有违常情的姿势。

章贡合流，是为"赣江"。"赣"者，左章右贡也，从此逶迤北去，最终经鄱阳湖注入长江，几乎纵穿了整个江西，江西省的简称"赣"也因此而得名。

然而，就在这"章贡合赣"的三江汇聚之地，那只驮着城池的巨龟，居然调转方向，尾上头下，表现出一种逆流南去的决绝态度。

在龟角尾最北端的码头，我见到两位女子，看年龄像是母女，面向北去的赣江，双手合十，面色阴霾而凝重，先报了一长串姓名，然后大声背诵起一段经文。

她们用的是当地方言，我无法听懂，但隐约感觉出，面对北方，面对江水，她们的心态似乎并不平和，甚至还有几分怨毒。

她们超度，抑或祈祷的对象，是不是某个随着江水北去不归的亲人？

直到登上郁孤台，我还在想着这两位面向北方喃喃祷祝的女子。

"西北望长安，可怜无数山。"

过八境台，继续沿城墙西行，便是郁孤台。公元1176年，辛弃疾一阕"郁孤台下清江水，中间多少行人泪"的《菩萨蛮》，将这座始建于唐的赣南小台载入了文学史。

辛词之妙不必赘言，但此刻登台，我反复咀嚼的，只有"西北望长安"一句。辛弃疾驻节赣州时，抗金无望，国事艰难，"西北望"无疑沉重而忧伤。

那么转个身，南望，如同驮城之龟的视角，如何？

在郁孤台上，我背对贡水，遥望赣州城。暮霭中的城市，绿树掩映，安详、宁静，有种饱经沧桑的从容。很自然地，我想起了另一联同样有名的诗：

"采菊东篱下，悠然见南山。"

在郁孤台上，我的思绪从辛弃疾跳到了陶渊明，随即又跳到了九江。

陶渊明，浔阳柴桑（即九江）人，"不为五斗米折腰"辞官归田后，在故乡度过了余生。"采菊"一诗，便是在此期间写于九江。

令我感兴趣的是，晚年的陶渊明，用诗句为自己勾勒肖像时，选择的姿势，也是背江面南，正如龟形的赣州城。

这只是巧合吗？九江、赣州，江西的上下两头，竟然都有同样炽热的目光，意味深长地凝望着南方。

当逝水遭遇龟尾，当"西北望"遭遇"见南山"，两股相反的力量彼此擦肩而过时，又会碰撞出怎样的火花？

"无数山"的背后，究竟何处是各自的"长安"？

我记起了另一只龟，一只深藏于泛黄书页中、污浊却自在的老龟。

一日，庄子正在垂钓。楚王派人请他出山做官，庄子持竿不顾，淡然道："我听说楚国有只神龟，死时已三千岁了。楚王将其甲骨以锦缎包裹，藏入匣中,供奉于庙堂之上。请问阁下,若给此龟两个选择,或死后留骨而贵,或活着在泥水中曳尾而行,它会选哪样呢?""自然希望活着。"庄子说:"阁下请回吧!我也宁愿在泥水中曳尾而行。"

——《庄子·秋水》

《庄子》是道家典籍,陶渊明身处东晋,其时《老》《庄》大行,必然深受影响。杨筠松的风水堪舆,更是道教妙术——尽管道教与道家并不能直接画等号,但二者渊源之深也是不可否认的(顺带提一句,江西是道教重镇,正一派祖庭便在贵溪龙虎山)。同时,作为"麟凤龟龙"四灵之一,龟也是道教神圣之物——卢光稠扩建赣州城时正值王纲解纽,群雄争霸,将城池设计成一只背水向南的龟,很可能寄托着杨筠松对这块土地能在乱世中远离争夺、远离厮杀的美好祝愿。

赣州号称"北宋三十六大城"之一,那么就将人间的荣辱与纷争留给其余三十五个兄弟,拢头收尾埋入江底的污泥,做一个城池中的陶渊明吧。

然而,正如日后被刘伯温用几根铁柱轻轻破解了龟脉,后世看来,杨筠松煞费苦心的布置,其实是那么苍白，那么无力，那么一厢情愿。

逍遥于泥淖，赣州城做不到，陶渊明的九江同样做不到。

甚至，它们要比其他城市，遭遇更多的金戈铁马，更多的血雨腥风。

我的旅游手册中，有一套《读史方舆纪要》。作者是清初的顾祖禹。顾有志逐清复明，但回天乏术，一腔壮志却只能在纸上行军布阵攻城略地，因此著了此书，结合历史分析各省各地的军事形势。

而此书的《江西方舆纪要》总序，顾祖禹在全省十三府一州七十七县中，独独拈出了九江、赣州二城。他将九江比喻成江西的门户，将赣州比喻成江西的内室，认为这首尾两处城池是全省最著名的战略要地，硝烟若起，兵家必争。

九江暂且不论，历史上的赣州城，的确饱经战乱。据不完全统计，从东晋徐道覆克城开始，围绕着赣州城发生的重大战役就有如下一长串：南朝齐武帝、陈武帝先后攻城，隋末林士弘据城称王，黄巢南征过城，南宋齐述兵变，文天祥围城抗元，陈友谅破城，常遇春攻赣，明末杨延麟、万元吉守城抗清，清初平三藩赣州之役，太平天国石达开攻城……直到20世纪30年代,还曾经历了长达33天的攻城战。

火星四溅。各种形状的炮石箭镞暴雨流星般狠狠撞击着墙砖。战神或许把巨龟的背甲当作了一面铿锵有声的战鼓——自从建成那天起,由杀伐音符凝结成的不祥乌云,就严严实实地笼罩在了赣州的城头,几千年未曾消散。

赣州的得名,还有个小插曲:该城曾名虔州,南宋绍兴二十二年(1152)才被改成了赣州,因为朝廷认为"虔"字是个虎头,一座以虎为头的城池,杀气实在太重了。

坚硬的龟甲包裹着的,果真是个嗜血的虎头?

不过,作为一个阅尽天下形胜的军事家,顾祖禹一眼便看穿,赣州气势汹汹的虎头,眉眼再狰狞,也只是一张吹弹得破的纸面具:

"赣州自守或易,攻人亦难。"

可怜这只老龟,纵有野心,也没有主动出击的本事,天生就是被动挨打的命。

"攻人亦难"自是无奈,"自守或易",果如其然吗?

诚然,赣州城高池深,易守难攻,有"铁城"之誉。但细查史籍,算上一算,一座赣州城,究竟守住的次数多,还是被攻破的次数多?

城再高池再深，天下可曾有一座永远攻不破的城？

更可怕的还在于，很多时候，相比普通城池，过于艰难的破城，反而会加倍激起攻击者的兽性。刘伯温钉龟传说的背后，其实有着一段令人不寒而栗的史实：赣州出降后，恼怒至极的常遇春下令屠城泄愤，不过却发现已无多少人可杀——针对这座城池的屠杀实在太密集了，短短六年前，陈友谅因久攻赣州不下，怒及无辜，破城后已然将城内百姓薅草般剿了一遍！

魏晋南北朝，唐宋元明清，类似的惨剧反复上演。比如杨延麟败后，清军报复性的"赣州之屠"，死难人数超过了二十万……就连岳飞，镇压赣南农民起义后，也接到过高宗"血洗虔城"的密令。

心怀天下者，不计较一城一池之得失。顾祖禹替江西谋划的出路只有一条："以江西守，不如以江西战；战于江西之境内，不如战于江西之境外。"按照这样的战略，赣州所谓的重要性实际上只是虚张声势，它存在的真正价值，就是用"城高池深"的假象尽可能拖住敌军、守住后方；当然，实在守不住也不打紧，反正它"攻人亦难"，"赣州有变，固守南昌以拒之可也"。

这只铭刻着福寿文身、与世无争的疲倦老龟，就这样被硬拖着绑上了战车,却又随时准备着被屠戮和抛弃。

逆转身躯,大概就是这座满腹委屈的城池,能够做到的唯一抗议方式。

郁孤者,山势高阜、郁然孤峙也,登临可见古城全景。

郁孤台上,我展开了地图。对照着实景,我将自己想象成一个谙熟古老文字的卜者,通过龟甲最表面的纹理——那些纵横交织的道路——来参悟这座城市的前世今生。

于是,我看到了濂溪路。实际上,从建春门到八境台的途中,我已经走完了这段并不算长的江滨之路。

濂溪,是理学开山鼻祖周敦颐的号。北宋嘉祐年间,周敦颐曾经在此开坛讲学,受业弟子包括程颢、程颐。赣人认为,是他将理学的种子埋入了自己的家乡。

由周敦颐,我想起了王阳明。比起不苟言笑的周夫子,赣州人更熟悉这位上马治兵下马安民的余姚大儒。明正德十一年(1516),王阳明被朝廷派遣,来赣南平定民乱。不可讳言,阳明此行的本质是军事镇压,然而,与其说是一位戴盔披甲的将军,王阳明留给赣人的印象,更像一位语重心长的夫子:

在赣南,军务之余,王阳明制乡规,定民约,办书院，兴社学，刻印儒经，传道授徒，几乎给人以本末倒置的感觉。

王阳明治赣的方针和政绩在赣州下辖的崇义县得到了集中的展示。崇义本是一块分属南康、大庾、南安、上犹等县的山地，王阳明平乱之后，以"崇尚礼义"之意，奏请朝廷设县。他认为，赣南地处偏远，武力只能收一时之效，必须对他们"训以儒理"才好统治——"变盗贼强梁之区，为礼义冠裳之地，久安长治，无出于此"。

也就是在赣南，王阳明发出了那句"破山中贼易，破心中贼难"的著名感慨。

从周敦颐到王阳明，赣南的开化有目共睹。但同样出自《庄子》的另一则寓言，却令我的心情矛盾不已，甚至于再也无法压制这样一个不无荒唐的念头——

假如杨筠松规划赣州城时果真基于道家思维，那么对于这样一只老龟，周敦颐和王阳明所带来的骚扰，某种程度上，或许并不亚于一场真刀真枪的战争。

南海的君王叫作"儵"，北海的君王叫作"忽"，中央的帝王叫作"浑沌"。儵和忽常常在浑沌的地界相遇，浑沌待他们很好。儵与忽商量着报答浑沌的恩

德,说:"人都有七窍,用来视听食息,唯独浑沌没有七窍,让我们给他凿出七窍吧。"于是儵和忽每天替浑沌开一窍,到了第七天,浑沌死了。

——《庄子·应帝王》

我去过崇义,这个王阳明亲手设置的赣州属县。四百多年后,它的森林覆盖率还是高达85%,尤其是境内的阳岭(阳岭沟谷雨林区的植物,长得可以用凶猛来形容),4800亩原始森林,被吉尼斯授予全球"空气负离子浓度值最高的风景区"。

我还知道,赣州地区的黑钨储量世界第一,离子型稀土资源也在国内外同类矿种中首屈一指。

浑沌之死的寓言和森林、矿藏,令我想起了辛弃疾的朋友,我的乡贤陈亮的一个观点。他认为,每块土地的元气都是有限的,如若开发太过,"山川之气盖亦发泄而无余矣。故谷粟、桑麻、丝枲之利,岁耗于一岁,禽兽、鱼鳖、草木之生,日微于一日"。

我简单梳理了江西进入历史的过程:从司马迁笔下,长江流域"地广人稀,饭稻羹鱼",蛮荒原始的面貌,到魏晋以来中原朝廷对包括江西在内的整个南方的歧视——

直到北宋，宋太祖还明言不用南人为相，并亲书"南人不得坐吾此堂"于政事堂上——到明代江西流传的两句诗"翰林多吉水，朝士半江西"（有人统计过，洪武朝所录881名进士，江西占147席；建文至天顺年间的22科中，江西占5090名进士中的1001名，几近五分之一；永乐二年，江西士子甚至包揽了前七名；嘉靖朝时，首辅、少师、太宰、少傅、尚书等极位之臣，一度全是赣人）……

从耻辱到辉煌的背后，江西究竟付出了怎样的代价？

一将功成万骨枯。我记起了一个数据。赣州属县兴国，中华人民共和国成立后被授予少将以上军衔的将军有56名，是全国著名的"将军县"；而这个只有23万人口的小县城，土地革命时期共有9.3万人参加了红军，其中5万多人成了烈士。

我又想起了另一个词，豫章，这个江西拥有的第一个行政区域名，本意是两种古木，为构建宫殿的最佳材料。

豫章郡的范围，本来涵盖江西全省，但后汉三国之后逐渐缩小，最终只做了南昌一城的别称。

"西北望长安"，赣江在联通长江、联通中原文明的同时，是否也会变成一根粗壮的吸管，吸吮着两岸山林大地的脂膏精血，源源不断地输向法相庄严却已日渐枯槁的北方？

水流滔滔。从九江开始，从北到南，城郭日渐庞大，村庄日渐密集，曾经的"山中贼"一个个修养得文质彬彬，而象征着土地元气的绿色则一年年黯淡……

文明的脚步一米米向南推进。终于，到了赣州——巨龟背江南向，是否还可以理解为它对那根功能复杂的吸管本能的逃避？

可这已是江西最南，也是最后一个据点，还能逃到哪里？

更何况，它的四肢已被钉死。

俯瞰着郁孤台下蜿蜒如长蛇的古城墙，我猛地意识到，与刘伯温的铁柱性质相同的，还有一样东西：墙砖上的铭文。

熙宁、嘉定、洪武、康熙、乾隆……这一个个年号，不正像佛祖张贴于五行山顶的金字真言，以千里之外、九天之上的正统与皇权，重重镇压着这座城池吗？

赣江边上的这只巨龟，一千多年来，就这样被铭文砖砌成的绳索一圈圈禁锢，动弹不得地承受着自己的宿命。

然而，如今城墙已然断裂，铁柱也已被挖出。

我突然感觉脚底的郁孤台似乎颤了一颤。

瓯海之城

浙江·温州

南宋德祐二年（1276）农历四月初八，文天祥来到江心屿的日子确凿有据。初夏的温州，气候清爽，草木滋润，正是最好的时节，但他的心情却坏到了极点。

作为宰辅级大员，出现在温州的文天祥显得突兀而狼狈。他是从元军大营中逃出来的，满身的血污说明了虎口余生的凶险。不过更令文天祥焦虑的还是国事之危。临安政府已然投降，虽然各地还有义军坚持抵抗，但在蒙古重兵碾压之下，纷纷溃散；眼见得大宋即将全境沦陷，流亡君臣退无可退，他忧心如煎。

文天祥在江心屿共逗留了一个月，召集附近豪杰志士，日夜苦思恢复之策。然而最终也没有理出头绪，遂于当年五月离温赴闽。

两年后，文天祥再次被元军俘获。又次年，宋元两军在广东崖山决战。作为随军俘虏，他在元军战船上目睹了南宋最后一名皇帝、十四岁的赵昺，被左丞相陆秀夫背负着，跃入海中。

江心屿，如其名，是温州城北、瓯江江心的一座狭长孤屿。虽然面积并不太大，却是古木葱郁亭榭玲珑，自古便为东南一大名胜。

江心屿有座江心古寺，以一副南宋状元王十朋撰的长联闻名:"云朝朝朝朝朝朝朝朝散,潮长长长长长长长长消"。文天祥当年也见过。但这座寺中令他更关心的,应该是一把破旧的椅子。

确切地说,那把木椅应该被尊称为御座。当初北宋倾覆、金兵南下时,康王赵构的流亡政府曾经避难于这座岛上。后来赵构终于遇难呈祥,建国都于临安,是为高宗;他坐过的椅子,也被视为见证否极泰来的圣物而郑重珍藏。

温州是宋高宗逃亡的最南端,也是那场浩劫的转折点。逃到温州之后,小朝廷便开始稳定下来,随即逐渐向北回迁。

历史还能够重演吗?可以想象文天祥见到那把落满尘埃的所谓御座时的激动与希冀。可当他黯然离开时,却只剩下了满腹的委屈与绝望。

江心屿最著名的景观是东西双塔,而这两座分别建造于唐宋的古塔,一千多年来,除了宗教意义之外,也起着瓯江上的导航功能。

只是天底下已经没有任何一座灯塔能够将文天祥守护的帝国之舟导出迷航。

云散潮消。一个残破的王朝终于被漩涡卷入了海底。而在这个王朝诞生与覆灭的轨迹图上,首尾却有同一座小小的岛屿重叠着出现。

一生一死,同一座航标,却指向了截然相反的两个方向。

在江心屿的文天祥祠前,我告诉自己,眼前所见的这座城市,绝不易被参透。

"天不怕地不怕,就怕温州人说鬼话。"作为中国最难懂的方言之一,据说抗战时,温州话甚至被用来做过军事密码。

一座连交流都自成一派的城市——虽然同处一省,温州在我的印象中,却极其神秘。

我的家乡金华,属于浙江正中;但即便以浙中与浙东南之近,对温州也有着相当深的隔阂。起码在地理上如此。浙南多山地,人们常说蜀道难,浙南交通其实也不遑多让。金温铁路建设难度之大、工期之长、耗费之巨,远远超出了同距离的其他线路。仅举几个数据,便足以证明此路架设之艰辛:从金华到温州,全长不过251公里,计有桥梁135座、隧道96个,二者合计五十余公里,足足占了总长的五分之一。

但温州又是如此如雷贯耳。在中国人的印象中,温州人的额头似乎贴着精明与富裕的标签。从打火机到眼镜,从眼镜到皮鞋，直到汹涌澎湃的"炒煤团""炒房团"——温州人雄厚的资金，一度还走出国门，在洋人的地盘"横冲直撞"，在他们严防死守的房地产界泛起阵阵涟漪。

后来我又得知，温州还是著名的数学家之乡，出了姜立夫、苏步青、李锐夫、潘廷洸等一大批数学大师，尤其是以苏步青为首的中国学派，与意大利学派、美国学派鼎足而立。另外，驰骋棋坛近一个世纪，被称为"中国棋王"的谢侠逊，同样也是温州人。

我总感觉，温州这片土地蕴藏着某种被文天祥忽视的力量——起码在特定性质上，数学、弈棋，乃至于经商，都与他急需的兵法一脉相通。

文天祥离开江心屿的踉跄背影令人唏嘘。不过，他来温州的德祐二年，也使我想起另一件看似无关的事件。

就在几个月前，旅行家马可·波罗进入中国，在元大都觐见了忽必烈。文天祥逃亡时，马可·波罗正随着元军的南进，细细观察着这个古老的国度。

马可·波罗是意大利威尼斯人。顺带一提，温州是浙江最大的侨乡，而意大利，是他们最集中的侨居地之一。

令我记起马可·波罗的还有一种气味，一种由鱼虾盐卤等混合而成的淡淡腥气。抑或说，是海洋的味道。

或是南货店,或是小吃馆,甚至居民的衣服上,行走在温州街头,经常会闻到这样的气味。它提醒着所有过客,这是一座濒临海洋的城市。

一位温州朋友告诉我,这座城市的人甚至可以在餐桌上感受到海洋的潮汐,往往只要一只梭子蟹或者一条黄鱼,就能令他们唏嘘渔季更替流年转换。他喜欢大家用"八爪"——一种海洋动物的名字——来称呼他,因为他姓章,章鱼的章。

还有随处可见的榕树。如果说海洋的气味暗示了温州的经度,那么这种多须而张扬的热带植物则强调了这座城市的纬度。而这个由海洋与榕树共同标注的坐标,常常会令行走其间的异乡人陷入迷惘,尤其是在榕树的旁边,他往往又会看到一株樟树——江南最常见的耐寒树种——枝繁叶茂。

按照广义的范畴:江南指长江中下游流域以南,南岭、武夷山脉以北,即今湘赣浙沪全境与鄂皖苏长江以南地区,温州应该属于江南。

事实上,温州也具备着许多典型的江南元素。

河、桥,以及船。

马可·波罗是否到过温州,史籍并无记载。不过,假如他看到温州，定然会萌生一份特殊的亲切。因为正如他远在万里之外的故乡威尼斯，温州也是一个典型的水乡。

他应该还能看到东方的"贡多拉"。

所谓"贡多拉"，是一种独具特色的威尼斯传统小船，两头尖翘，单人摇橹，轻盈而纤细。

类似的独木舟，温州20世纪60年代出土过多条。据考证，至少也是数百年前的东西。

温州城内沟渠交错，河道纵横。自古以来，邑人临水而居，出行首选便是乘船，所谓"以船为车，以楫为马"。温州的老辈人至今还常常提起，数十年前的街路上还都是河，稍微去远一点就得乘船——而直到现在，温州一带还有出门"死路一条"的自我调侃：因为当地方言，"水"与"死"同音。

桥梁数量，是衡量一座城市水系密度最直接的标准——根据光绪年间的地方志记载，19世纪末，温州仅城区便有桥梁143座。

正如《山海经》对温州的描述——"瓯居海中"，这其实是一座浮在水上的城市。

今天我们看到的温州，是一片西南向东北呈梯形倾斜的沿海冲积平原。然而，直到五千年前，这一切都还在海水底下。据古地理学的研究,由于当时遭遇第四纪大海侵,海水一直漫到今天的青田、平阳县城一带。温州城区东南,那座在道教体系中赫赫有名的大罗山,现在看起来巍峨壮观,长期以来,不过也只如江心屿那般,在波浪间露出一小撮山头,四顾汪洋,孤苦伶仃。居住的也只是一些古越族的蛮荒土著,断发文身,捕鱼拾蛤,在海水与滩涂间艰难地讨着生活。

但沧海桑田的转变有时也很快。海侵结束后,东海沿岸的地壳迅速抬升,地势逐渐隆起,如此陆进海退。至晚在汉晋时期,在沥干海水的泥地上,填填补补,勾勾连连,已经勉强能够建造一座像模像样的城池了。

在腥咸的海风中,一座新城拔地而起。

根据史料记载,温州古城周长约为十华里,直到民国年间,城墙还相当完整。遗憾的是,它们未能逃过之后的战乱,到1949年,所有的古墙已经全部圮坏。

镇海门、拱宸门、永宁门……昔日川流不息的城门,如今已然成为角落里的简陋石碑。不过,温州人还是保留了大量的旧痕迹。狭窄的老街,低矮的民居,幽暗的胡同,油腻的小吃摊,矜持的老字号。墙砖斑驳,屋藓阴冷,一种对时光的凭吊在高楼丛林的间隙见缝插针。这座以经济发达著称的城市，却散发着浓郁的怀旧，甚至于有些伤感的情绪。

由大道而街路，由街路而巷弄，我在越来越逼仄的行走中，反复寻找着这种情绪的源头。就像从动脉逆向支脉、毛细血管的溯流，我希望最终能够抵达这座城市最深邃的罅隙。

多次途穷而返之后，我在一座隐迹于老住宅小区中、名为"白鹿禅寺"的小庙附近找到了目标。那是一口位于胡同尽头的古井。井栏由六块花岗岩石板合榫而成，井口约四尺许，乍看之下，除了井水的清冽有些出乎我的意料，其他似乎并无特殊之处。

然而，我知道，对于这座城市，这口井的意义极其重大。某种意义上，通过它，我们就能还原温州最早的设计蓝图。

横井巷、永宁坊、三牌坊、松台山……与白鹿寺井同时代的，其实共有二十八口井，它们的开凿，被纳入了温州最初的建城工程——极其幸运，它们中的绝大部分保留至今——每一口井的位置，都经过精心测算，合而观之，竟是一轴铺展于东海之滨的二十八星宿图。

这样精妙的古城格局，在全中国范围内都不多见。显然,当初建造温州城的,绝非寻常之辈。

地方志的记载斩钉截铁:温州古城的设计师,便是那位中国历史上最著名的堪舆大师、风水学鼻祖,晋朝人郭璞。

建城之初,这座城市名叫"永嘉"。

这同时也是中国历史上一个极其不祥的年号。西晋永嘉五年(311),匈奴大将石勒、刘曜等攻入洛阳,幸存的晋室衣冠南渡:中原人首次迁离了他们世代坚守的故土。

山西人郭璞便是在这场大乱中来到江南的。这也促成了十二年后,这位精通巫卜地理之术的北方学者,与这座偏处东南的海滨新城的缘分。

东晋明帝太宁元年,即公元323年,在西汉东瓯国的基础上设永嘉郡。郭璞恰好在附近游历,遂为邑人礼请选址相地。

即便以现代的标准,他的设计也是大手笔:除了二十八宿井,这座古城还被规划成北斗的形状。直到今天,我们在地图上还能清晰地找出这个巨斗。

这其实是几座自然形成的小山,高低错落,屹立于城市的各个方位。但只要依照郭璞的视角,郭公山、松台山、华盖山、海坛山,分峙四角,围成一个方形,为斗口;

积谷山、巽山、东屿山，三山衔接，则像是斗柄——七山勾连，赫然竟是一架天生北斗。

在北斗二十八星宿的基础上，郭璞指导邑人开通河道沟渠，激活全城水系——虽然地处海隅，城中井水竟无一咸涩，皆为甘井——奠定了号称"斗城"的经典风水格局，成为历代堪舆学家共同崇拜的范本。

作为中国六大风水城市之首，研究温州地相的论著连篇累牍。不过，相比这些斗转星移、玄之又玄的论证，我印象最深的还是一则流传千年的传说。

据说当年开工筑城之日，忽然出现了一头白鹿。它气定神闲，丝毫也不惧人，口衔杏花，沿着郭璞指画的街衢，缓缓穿城而过，消失在苍莽的山野。

自此，温州有了个"白鹿城"的别名。

从东晋到明清，根据郭璞的斗城理念，温州城的风水布置又经过了多次补充完善，逐步形成了"东庙、南市、北埠、西居、中衙"的五行格局。

而在所有的古城配套工程中，最为人所知的，则是塘河。

塘河的称呼大多出现在东部沿海，指为了抵御洪涝灾害及潮汐浸灌，人工垒筑堤岸而形成的河流。其中最著名的,便是温瑞塘河。

对于温州,温瑞塘河相当于母亲河,水系总长度达一千一百多公里,而主干道,即温州与其属县瑞安之间,却只有三十多公里。两个数字悬殊,亦足以说明温瑞塘河分支之多、河网之密。

温瑞塘河的主干道,至迟在北宋便已经成为游览胜地,沿河遍植莲藕,号称"八十里荷塘"。我来时虽然未到采莲季节,但乘船游河仍是一大快事。不过,虽然也有石桥宗祠,也有柑橘老樟、小村旧宅,也有钓客浣女、土狗肥鸡,也是满目的潮湿与葱郁,但我总感觉到这片水土与传统印象中的江南有很大的区别。——至少,船行水上,我总想起,眼前涟漪浅浅的幽绿航道,最初是一条海峡;小桨拨开的,原本是苦涩的咸水。

数千年来,温州地貌其实一直在变化。从总的趋势来说,便是利用各种手段,如围垦、填淤,持续扩大陆地面积。江心屿便是一例。

江心屿其实本是东西对峙的两座小岛。南宋初年,屿上的僧人觉得来往不便,才抛石填塞,将两岛连在了一起。最初面积只有一百二十余亩,后来又不断在江滩围垦种粮,到现在,总面积已经达到七十万平方米,合一千零七十亩。

我总觉得,温州人对于土地,有着某种超乎寻常的扩张欲望。我甚至将温州的皮鞋产业,也视作了某种通过脚底进行的攻城略地。

温州人对土地的执念,可以理解为作为海民后裔,遗传基因中天生就匮乏的生存安全感吗?

即便同样的杏花春雨小桥流水,一座以海泥为最底层地基的城市,构建出的江南,再怎么山水清润,也隐约带着海浪的低啸。

当然,也可以进一步细分,将温州的文化归属于江南的瓯越一系。

"瓯",是这片土地最早的原住民、百越族的一支。作为汉字,"瓯"的原始字义难以确定。根据左右构造,可以分别理解为某种瓦器或者欧冶子铸造的剑,也可以理解为那条以"瓯"为名的江,还可以理解为一种后来写成"鸥"的海鸟。

也有学者认为,"瓯"的由来,是因为温州北、西、南三面都有山岭隔阻,唯一的出口只是东边的大海,地貌就像一个"匸"字。

学界对"瓯"至今莫衷一是的解释,暴露了主流文化对这块区域自古而来的疏远与陌生。从《史记》开始，历代典籍对此地的记载都简之又简。瓯江在浙江省仅次于钱塘江，是第二大河，但直到清人顾祖禹著《读史方舆纪要》时，仍将它一笔带过，反而用大量篇幅去描绘短得太多的浦阳江与苕溪。

还有温州的雁荡山。这座当今堪与黄山平起平坐的名山，虽然早在南北朝便已经引起谢灵运的注意，但真正为人所知却要等到北宋，并且在之后的几百年间，长期荒芜而萧条；被称为"雁山第一胜景"的三折瀑，甚至要到20世纪才被发现。

诚然，温州距离中原太远，隔阻的山岭太多。但我在塘河的游船上，读到了厚厚一本历代名人吟咏此地的诗词，作者有王羲之，有谢灵运，有李白，有杜甫，有孟浩然，有陆游……

这方水土其实早就进入了最高级别的文化视野。这座城市、这条江的寂寞，难道要归咎于瓯作为瓦器的粗俗、作为海鸟的野鄙、甚至作为一把剑的不祥？

航船缓缓，经过一处古刹，据说那里原来耸立着一座名叫"白象"的古塔。

在温州博物馆，我见到了塔内出土的文物。最多的是大大小小难以计数的神像，佛陀菩萨金刚力士，很多砖石上还刻满了经咒——

宝塔镇妖。这一方土地、这一脉水流，究竟隐藏着什么，值得满天神佛这般如临大敌？

唐高宗时期，这座城市被改名为温州，取此地冬无严寒夏无酷暑，气候常年温润之意。不过，在各种典籍上，人们还是更习惯称呼它的原名，永嘉。

作为一个永康人，永嘉二字对我有特殊的意义。永嘉有个叶适，与我的南宋乡贤陈亮同时代。二人都是大学者，分别领衔"永嘉"与"永康"学派。在哲学史上，这两家"永"字头的学说观点接近，被合称为"南宋浙东学派"。

叶适与陈亮的思想，都提倡功利实学，反对虚谈道德，因此被很多人理解成替强权与欲望辩护，判其为离经叛道的凶险之说。朱熹便将其视为心头大患，再三哀叹："浙人家家谈王霸，不说孔孟，可畏！可畏！"

这座城市的气质，并不像它的气候那般温和。正如叶适的学说，以传统标准，温州人物，多有不易评判者。

林灵素，北宋末年著名道士，极受宋徽宗宠信。《宋史》将其列为佞幸奸邪，装神弄鬼祸国殃民，极尽抨击；但时人留下的笔记中，也有相当部分对其颇有嘉奖，褒扬其神道设教，为苏轼等元祐党人翻案，其中包括举荐岳飞的名臣赵鼎。

还有张璁。他是明朝嘉靖年间"大礼议"事件的主角。嘉靖皇帝是以地方藩王的身份继承伯父皇位的，根据儒家礼法，祭祀时得改称生父为皇叔。对此提议，嘉靖坚决不接受，而以卫道士自诩的满朝大臣也不肯退让，正僵持间，新科进士张璁旗帜鲜明地担任了皇帝的辩护人。

"大礼议"以嘉靖皇帝的完胜收场。立下大功的张璁，被擢升为内阁首辅，在任上大展手脚，为国家做出了一番事业。但同时，他也因此得罪了全天下的"道德君子"，所谓"缙绅之士，嫉之如仇"。

我越来越感觉到，自古以来，温州人便有一种独特的价值观和思维方式：做任何事情，他们都尽可能在起点与终点之间走直线，不会过多纠结于他人的褒贬；无论质朴务实之"赞"，还是急功近利之"斥"，都能坦然承受。

相比中原人的深思熟虑，这是一种粗鲁却极其犀利的逻辑。

温州鲜明的文化个性，或许可以归功于某种边缘化。

一座樟树与榕树共存的城市，其实是撕裂的。如前所言，作为瓯越，温州已然是江南文化圈的最南端，同时，它又是闽越文化的最北端。而一个文化圈的浓度是不均匀的，越到外缘越是稀薄。事实上，无论江南还是闽越，对温州的文化影响都已是强弩之末。

也就是说，就像两片森林之间的一棵孤松，在远离中原、浙江与福建两省的缝隙，温州的成长，有着更多的自由与独立，姿态也更为舒展。

然而，在很多时候，这种另立山头的修行，也会成为一片土地的原罪。

在这种宽松的文化环境下，温州得到了迅速的发展。

中国最具世界商品意义的物产，不外乎瓷器、茶业、丝绸等几样。而在温州，这些产业不仅历史悠久，还形成了高品质的地方品牌，被分别冠以瓯瓷、瓯绸、瓯茶之名，与苏杭、湘蜀各擅胜场。

除此之外，温州市区四十公里外的泽雅，保留有全国最典型的四连碓造纸作坊；塘河南端的瑞安，到现在仍有人在使用中国已知唯一传承至今的木活字印刷；瓯绣，被列为中国六大名绣之一，与苏绣京绣平起平坐；甚至柑橘，这种东亚最古老的本土水果，出在温州的也别有滋味，号称"瓯柑温橘"。

中国真正意义上的戏剧，也发源于此：北宋末年，被誉为"百戏之祖"的南戏,诞生于温州。

从瓷茶丝绸到造纸印刷,到民间影响最大的文娱形式,温州几乎集全了一整套可以象征中国的符号。

这样一座偏处海隅、孤立于各大文化圈之外的后起之城,在设置之初便被打入了冷宫:至少在谢灵运的时代,永嘉太守的任命,本质上是一次严厉的放逐。如今却彰显出如此旺盛的活力,固然可以被恭维为人杰地灵,但同样也很容易被视作暴发户式的膨胀、挑衅,甚至叛逆。

以南戏为例,这其实是一种以北曲为对立面的高调命名:以区区一郡,温州竟欲与大半个中国相对峙,甚至还要反超一头!

南戏的基础是北方人绝难听懂的温州方言——居然以一种"呕哑嘲哳"般的发音和抒情方式,来阐述悲欢离合、演绎帝王将相。

他们用舞台,为自己搭起了一座广袤无边却面目可疑的江山。

南戏由温州传到临安之后,一度遭到朝廷的压制,曾被发榜,命令禁止演出。入元之后,虽说戏曲大兴,但南戏依旧遭到主流文化的歧视。

由于官府的禁毁与打压,南戏的传播始终受到束缚,剧本更是流失严重：据统计，宋元南戏剧目共有约238种，保留至今的完整剧本，只有8种。

叶适与陈亮的浙东学派，更是随着朱熹的登上神坛而加速没落。

温州建城之初，郭璞曾经惋叹过这座城市的命运，说此邑要过了一千年后，才开始慢慢变得兴旺。

一千年，作为概数，差不多就是文天祥的时代。

某种意义上，郭璞的预言极为精准。从开封到临安的依次覆灭，喻示着一块古老的大陆即将走到尽头。而温州，在北宋时就已经被朝廷辟为对外商贸口岸；宋室南迁后，温州的海上贸易尤其发达，是全国四大海港之一。

由陆地到海洋，这本该是一场顺理成章的接力。而随着对海洋力量的索取与开发，温州势必会迎来真正的辉煌。

遗憾的是，郭璞算得到天时却算不到人事。

江心屿上的双塔，纵然能够打出当时世界上最先进的航海灯语，落在文天祥眼里，也只不过是秋风中的萤火之亮。

尽管在中国历史上，南宋是一个对商业、对大海最为宽容的王朝，但它对大海的经营，更多还是一种消极的放任，尚未能以一种谦卑的姿态去主动寻求自己需要的东西,更不敢想象从陆地到海洋的突围。

当黄土地的精华耗尽,他们注定只能被淹没在海水深处。

从文天祥到忽必烈,金戈铁马转瞬而过,千年预言的后半截,最终落在了朱元璋的手里。这位亲手将朱熹封为圣人的农民皇帝,即位后严令举国上下,片板不许下海。

一匹刚欲跃起的白鹿,瞬间佝偻。

俱往矣。我登上江心屿的年代,温州已然真正兴旺。隔着瓯江,在屿上眺望对岸,高楼剑耸,人车如龙,隐然有了几分国际都会的气质。

我不想再赘述改革开放后,这座城市在争论、批评,甚至恐吓中迅速崛起的过程。我也无法真正体会温州人辉煌背后的艰辛与苦涩,更没有能力评述他们在资本市场中如狼似虎的博弈行为。我最关注的仍然是这座城市的文化。

我注意到,清末民初以来,温州出现了一大批研究甲骨文与先秦诸子的学者——这分明是一种追溯到源头的、对整个中华文明的学术探索。

至于温州更为著名的数学家群体,更是将他们的思考,从所有的道德伦常中脱离出来,上升到人类的终极智慧。

甲骨文、诸子学、数学。这三样温州的显学，令我隐约感觉到，这块土地蕴涵着一种巨大的野心，以至于要重新审视整块东亚大陆的前世今生。

我因此联想到了一座山。

郭璞的斗城风水局中，最重要的天枢之位是城东北一座名叫海坛的小山。

海坛山，顾名思义，为祭奠大海的法坛——紫禁城的天坛与地坛之外，温州的先民，竟悄然在瓯江之畔，筑起了一座上应天象的海坛。

数千年来，这座城市的野心，抑或说抱负，其实一直袒露在天地之间。

出新安

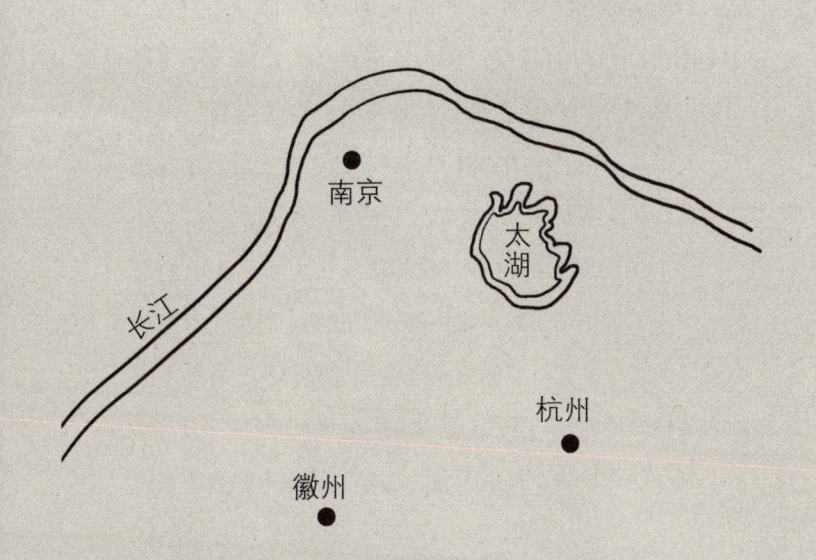

安徽 · 徽州

南京

太湖

长江

杭州

徽州

徽州多山。不过,在行走皖南的这几天中,我关注的重点却逐渐转换成了徽州的水;我甚至开始认为,相比牌坊、祠堂或马头墙,水承载了徽州的更多秘密。

从地图上看,蓝色的河流如同粗细不等的蛛网,覆盖了整个皖南。但坦白说,作为外人,要将一块陌生土地上的复杂水系梳理清楚极其困难,实际上也缺少意义。我只需要知道,眼前出现的任何一泓山涧、一截沟渠、一脉溪水,最终都会汇聚成一条名叫新安的大江。

除了江名,新安也是徽州的古称。因此,我将这段自始至终与水相伴的旅程称为"出新安"。

首先引起我注意的是一条普通的乡野小溪。

此次徽州行的起点,我选择了黟县的宏村。首先是因为古徽州一府六县,黟县僻处深山,似乎最具根源意味——仅是意指黑色的"黟"字,就已经散发出神秘幽暗的气息;其次则是黟县东北部宏村的独特规划。

这个黄山脚下的村落,竟然被构筑成了一头牛的形状。牛头牛舌牛蹄牛角牛胃牛肠一应俱全。但我无意于对照着导游图一一比对,因为更令我感兴趣的是,有条小溪因为绕村而过而被喻作了"赶牛鞭"——

到底什么机缘,抑或说什么力量,将原本悠然于家园的卧牛鞭打起身，一步一步赶成了浪迹天涯的骆驼？

徽骆驼。的确，若要以一种动物来概括徽商，甚至全体徽人，无疑只有骆驼。

然而，在之后对徽州的探访中，我却发现，除了骆驼，徽人从牛开始的蜕变，原本还有其他可能性——其他相比骆驼，对于徽州，乃至整个中国，更具意义的可能性。

真正启发我对徽州之水的思考的，是绩溪龙川的胡宗宪尚书府。

明嘉靖年间做到兵部尚书的龙川人胡宗宪，是一个不易简单评价的人物。一方面，他雄才大略，是平定倭患的第一功臣，谭纶、戚继光、俞大猷等名将都出其帐下，被誉为"大明王朝的郭子仪"；另一方面，他与严嵩父子眉来眼去纠缠不清，最终也在这对权奸倒台后受到牵连，自杀于狱中。

胡宗宪生活相当奢侈，所营造的府宅占地五千平方米，气势雄伟构造复杂，号称"徽州第一家"。府内巷弄曲折盘绕，厅阁错落萦回，置身其中时有迷失方向的感觉。惊叹的同时，我还在其中发现几处与普通徽派民居有别的细节。

首先是一个拱形屋顶、被设计成战船形状的书房；其次是一座"位协三公"的木牌坊,坊梁上精心雕刻了鲤鱼与波涛;还有一对据说能够根据颜色变化预测晴雨的门鼓——其实,这对门鼓不过是用海岛礁石打成,潮湿度不同其表面析出的盐分数量也不同,因而色泽深浅不定。

这些点缀看似无心实则有意,显然是胡宗宪为了纪念或者说炫耀自己平倭的赫赫战功而设;然而五百余年后,却提醒了我们,尽管僻处深山,但我们脚下的土地,其实始终联系着海洋。

入浙之后,新安江最终归入了东海。在此意义上可以说,徽州的任何一个角落,通过宽窄不一的河流,都能感受到千里之外的潮汐。

胡宗宪的族人应该对此有更深的体会——他们祖祖辈辈聚居的龙川,整个地形就像一艘巨大的帆船,而胡宗宪的尚书府,就建在这艘船的掌舵位置。

因此,胡宗宪的成就,或许早在他们意料之中:他早已熟知水性,一生的沉浮起落,不过是一艘船到另一艘船罢了。

对于水,徽人有自己的理解。他们通常会把水视作财富的象征,因此"肥水不流外人田":在所有徽派建筑中,收集雨水流入自家私有的天井,即所谓"四水归堂",是一条牢不可破的铁律。此外,对于身边的任何水流,他们也想尽办法,引导、改道、折曲,尽可能使其围绕着自己的住宅多盘旋一段。

就像龙川的船形风水格局与屯溪老街用横竖交叠的弄堂构成一架鱼骨,随时随地,徽人都用不同形式表达着对水近似于图腾的崇拜。不过,另一方面,徽人的潜意识中,却也深埋着一种对水的畏惧。

龙川胡氏宗祠,始建于宋,在胡宗宪主持下,进行过大规模翻修,恢宏雄壮,被誉为"江南第一祠"。在胡姓祠堂东侧,有一间不起眼的小边房,其中供奉的却是丁姓。这种奇怪的布局源于一个祈求平安的谐音:为了给船形的村落配上一支有分量的锚,胡氏先人特地从外地挑选了一户姓丁的穷苦人家,客客气气请入村中住下,以便将这艘大船牢牢钉住。

尽管如此,胡氏先人还不放心,又在祠堂前的河沿栽下一棵榆树,用来维系想象中的船缆。如今,这棵榆树高达二十多米,树荫参天,已成为龙川一景。

某种意义上说,对于当时的中国,胡宗宪的意义,也类似于这棵榆树或是丁姓人家:镇风压浪。

胡宗宪安定海疆的功绩,紫禁城心知肚明。瘐死狱中后的第七年，隆庆帝便赦免了他的罪责，并将其平倭功勋录入国史；下一任皇帝万历，思及宗宪时也是感慨万千，赐谥号颁祭文，情深意切地悼念起了这位前朝重臣。

朝廷如此天恩眷顾，故乡更是大张旗鼓纪念宗宪。据粗略统计，绩溪县城南门头历代共修建了十六座石牌坊，其中为胡宗宪所立的便有五座；徽州很多地方，甚至将宗宪抬上了神坛，纷纷建起"胡公庙"祭祀。

在龙川，除了尚书府中的胡公庙，胡氏宗祠旁的少保府内还专门为他设置了一个纪念馆。

纪念馆详尽陈列了胡宗宪一生，尤其是其抗倭事迹。然而，有一个名字却总是吞吞吐吐，实在无法回避时，也只是一笔掠过，从来未曾加以片言只语的注解。

这本来就在我意料当中。因为我清楚，对于徽州，这是一个遭受过诅咒的名字，几百年来很少有人愿意提起。

这个人就是汪直，史籍记载的倭寇头目，胡宗宪在海上最大的对手。

另外还有一个极其吊诡却又不可更改的事实：他还是胡宗宪的徽州老乡。

歙县人汪直。

关于倭寇，上海辞书出版社1995年版的《中国历史大辞典》是这样解释的:"明时骚扰中国沿海一带的日本海盗。十四世纪初,日本进入南北朝分裂时期,在长期战乱中失败的南朝封建主组织武士、浪人到明朝沿海一带走私抢掠,进行海盗活动。"

不过日本史学界的解释却稍有不同,比如日本平凡社1994年版的《日本史大事典》中倭寇的词条解释是:"在朝鲜半岛、中国大陆沿海与内陆、南洋方面海域行动的,包括日本人在内的海盗集团。由于时代和地域的不同,倭寇的含义和组成是多样的。"

后世是非暂且不论。倭乱最烈是在嘉靖年间,不妨看几条这一时期官方或者亲历者留下的记载。

> 盖江南海警,倭居十三,而中国叛逆居十七也。
> ——《世宗实录》嘉靖三十二年
>
> 大抵贼中皆我华人,倭奴直十之一二。
> ——明·郑晓,时任兵部侍郎
>
> 大抵艘凡二百人,所谓倭而锥髻者,特十数人焉而已。
> ——被掳入倭的一位昆山人的回忆

既然倭寇中至少有七成以上是中国人，那么这些中国人究竟是什么角色呢？

> 寇与商同是人，市通则寇转为商，市禁则商转为寇。
>
> ——明·谢杰《虔台倭纂》

> （店家）明知是海贼，但贪图其厚利，任其堆货，且为打点护送……近地人民或送鲜货，或馈酒米，或献子女，络绎不绝。
>
> ——明·万表《海寇议》

不必再引，嘉靖倭寇的本质已然显明。而汪直，便是这个被冠以"倭寇"名号、亦商亦盗的组织中，影响力最大的首领。

当时曾有一位大臣上书朝廷，列举了最著名的八个倭寇头目："徽州王五峰、徐碧溪、徐明山，宁波毛海峰、徐元亮，漳州沈南山、李华山，泉州洪朝坚"。

这八位上达天听的龙头老大，排名第一的"徽州王五峰"，便是歙县人汪直。

徽州明清地方志极盛，但对汪直的介绍，大部分都语焉不详，反倒《明史》中留下了他纵横东海的很多事迹。

根据有限的记载，我们可以得知，汪直出身贫微，但从小就有豪侠气概，长大后很受人拥戴，是宋江一类的好汉。与大部分同乡一样，从少年时起，他就外出经商。不过与普通徽商不同，他更热衷于走海路，常年将硝磺、丝棉等物销往日本、暹罗等国，以获取暴利。由于他做买卖公道，深得各国商人的信任，被尊称为"五峰船主"。然而汪直的事业已经触犯了明王朝"片板不许下海"的海禁国策，等同于走私，终于招致朝廷的重兵清剿。汪直不甘坐以待毙，组织力量奋起反击。于是一场由受雇佣的日本落魄武士打头阵，实际上是帝国与海商之间的持久较量，就此拉开血腥的序幕。

记录汪直事迹最多的章节，被《明史》的修撰者归入《日本传》。

汪直人生的巅峰，的确是在日本。嘉靖二十一年（1542）将大本营转移到平户后，他自称"徽王"，大摆王者威仪："绯袍玉带，金顶五檐黄伞，侍卫五十人，皆金甲银盔，出鞘明刀。"当时日本混战，通常拥兵三千即可做一方诸侯，而汪直至少有五千以上配备精良火器的私人武装，威慑力可想而知。其麾下舰船如林，多有能容两千人、甲板上可驰马的超级巨舰。鼎盛时期，日本"三十六岛之夷，皆其指使"，"海上之寇，非受（汪）直节制者，不得存"，往来船只如若不悬挂汪直旗号便不得通行，俨然开创了一个庞大的海上帝国。

由于资料欠缺，我们已经无法知晓这位称霸东瀛的枭雄的具体生年，然而他的死，却被明王朝视作一件如释重负的军国要事，郑重记入各种史书。

明世宗嘉靖三十八年，即公元1559年，腊月二十五日，一个寒冷而阴沉的午后，汪直被斩首于浙江杭州宫港口。将汪直送上刑场的，正是他的徽州老乡胡宗宪。

嘉靖三十三年（1554）四月，胡宗宪挂帅总督东南抗倭军务。一到任，他便敏锐地判断出，汪直是此役胜败的关键。

以汪直的谋略与实力，硬碰硬正面围剿，胡宗宪实在欠缺信心。深思熟虑之后，他决定利用乡情，实施一番不见刀枪的攻心战术。

他首先将汪直滞留大陆的老母妻儿从苦牢中放出，锦衣玉食伺候着，并千方百计结交汪直的姬妾和义子，通过他们向汪直频频传达乡党的善意，同时也刚柔并济地对其进行劝降。

"君在海岛称王能否百年？"

"君若能降，封为都督，置海上互市；可去杭与母亲、妻子团聚。"

如此直中软肋，纵是百炼钢也得化作绕指柔。何况那时的汪直已经不再年轻，故乡的召唤，对任何一位日渐垂暮的游子都是致命的诱惑。孤悬海外多年的汪直果然抵挡不住，几次小心翼翼的试探后，他终于相信了胡宗宪的"诚意"。先是调转枪口，帮助官军剿杀昔日的同伙，随后率精锐乘巨舰回到舟山大兴土木建造商港，最终亲自来到胡宗宪军营谢罪，还积极为朝廷谋划乘内乱降伏日本列岛。

掉入陷阱的猛虎，下场可想而知。嘉靖三十七年（1558）二月，汪直在杭州被诱捕。经过近两年的三司会审，由嘉靖皇帝亲自裁决判处死刑，妻子儿女发配为奴。

平心而论，胡宗宪起初并不想违背诺言，也曾上疏朝廷请求赦免汪直。但随着朝野各界要求处死汪直的呼声越来越高，甚至还有人准备举报他与汪直勾结谋反，他终于再也承受不住压力，转而送上了"乞将直明正典刑，以惩于后"的奏章。

从此，胡宗宪再也不敢与汪直见面，只是命人天天将好酒好肉送入狱中，直至他如同一条枯鱼般被按倒在砧板上。

临刑前,汪直仰天高呼:"吾何罪?吾何罪?"

五天之后就是除夕。巨枭伏诛,那年的春节,帝国的东南似乎过得比往年格外喜庆。至于胡宗宪,则在那个举国欢庆的正月,得到了紫禁城用最快的驿马送出的"太子太保"赐封。

金光闪耀的匾额并不能安宁一颗愧疚的心。无疑,这份失信于同乡的隐痛必将会伴随胡宗宪终生。实际上,直到今天,对于龙川胡氏,究竟该如何直面汪直依然令人有些尴尬。

在彰示先人功劳的展板上,胡宗宪的后人们,尽可能用重重叠叠的海波纹,代替当年法场上的朱笔,轻轻抹去了那个曾经叱咤一时的名字。

胡宗宪的绩溪与汪直的歙县紧邻,我乘坐一路揽客的中巴车,也只用了四十分钟。

歙县是古徽州府所在,天下徽商的故里。青山、碧水、绿树、油菜背景中的灰瓦白墙,早春游览徽州,的确是人生一大快事。不过说实话,过程中我也经常会感到一种压抑,比如行走于著名的棠樾牌坊群时,竟忽然产生一种穿行于岁月铡刀下的幻觉。

除此之外，徽派建筑的精细与机巧，比如砖雕木雕细至发丝的镂琢，无处不在的寓意象征——胡宗宪尚书府内有口井，甚至用石阶与井栏构成了一个"胡"字，赞赏之余也令我心情复杂。

每每此时我都会想起一句粗豪而铿锵的话：

"中国法度森严，动辄触禁，孰与海外乎逍遥哉！"

当年，说完这句话后，年轻的汪直头也不回地登上了海船。

汪直出生的村庄名叫柘林。我乘了一辆出租车前往。上车后，我提起汪直，司机满脸茫然。

柘林与县城的直线距离不到7公里，但出租车却开了将近半小时。要拐一个大弯，过几座窄桥，还有一段两辆车交会都很困难的沙土路。听司机说，柘林是一个相当偏僻的小村，一直以来都比较穷苦，直到近些年有高速公路通过，才开始慢慢好了起来。

穿过一片浓密的竹林，司机说前面坡上那些人家便是柘林了。

午后的柘林很寂静，在村巷中穿行许久，才在一家堆放柴火的土房外遇到了一位老者。我向他询问汪直墓，他同样有些困惑，直到我补充说，就是那座前些年被外地人破坏过的坟，老人才恍然大悟。

行刑后汪直的尸首并未得到保存。1996年，一批来自日本长崎县福江市，也就是汪直当年居留的平户的汪直崇拜者访问歙县时，在他的故乡建立了一个空坟，以供凭吊。

日本人对汪直的感情可以理解。在他们的史书上，这位讲究排场的"徽王"，与其说是荷枪实弹的海上霸主，更像是一个成功的商人：日本商界一直视汪直为"东方商人"的典范，尊称他为"大明国的儒生"。平户人民尤其感激汪直：正是他短短几年的经营，使一个原本穷困潦倒的小小渔村，一跃而成为当时东亚海上贸易中心、世界最高级别的国际性大商港。

还有学者指出，是汪直将火枪传入了日本。

老人将我带到了汪直的墓前。但他并未离去，而是站在一旁，警惕而沉默地观察着我。想来八年前的闹剧，至今仍令柘林人心存阴影。

2005年，两个江浙年轻人不知是何心态，游完黄山后竟然专程绕道来到柘林，将这座落成不久的纪念墓狠砸了一通，一时间在网上闹得沸沸扬扬。

汪直墓被安置在村头的一块茶园中央，墓体用条石砌成笠帽状，墓碑左右两侧分别用中日两种文字说明此墓由来。墓左侧还有一横碑，但已被敲去半边，碑文中所有"汪直"名号也被刻画涂抹。我问老人事情都过去这么多年了，为何不修补回去，老人笑而不答；再问汪直在此有无后人，他摇摇头。

手抚残碑，我不禁喟然长叹。

更令我唏嘘的是，汪直的主墓碑上，除了年款，赫然只有"王氏祖墓"四字。

与日本人跨洋过海万里追寻形成了意味深长的对比，在故乡，汪直却连自己的姓都不能暴露在阳光之下——不只是墓碑上的石刻，几百年来，徽州方志有关汪直的记载，大部分都被有意无意地写成了"王直"。

改"汪"为"王"，徽人是否想通过这样的方式，洗去汪直给"汪"这个徽州最著名的姓氏带来的玷污与耻辱？或者以笔为刀，断绝水路，永远将汪直放逐于异国他乡？

汪直墓前有一条堪称宽阔的江。日本人如此选址，大概是含有深意的。

过了屯溪之后，徽州的水系已然明朗。对照地图，我得知眼前这条江在屯溪合并横江与率水之后，有了一个新的名字：渐江。渐江东流数十里，在歙县浦口汇入练江；

至此，徽州各县的河流基本完成集结，一条性格鲜明的大江呼之欲出。

徽水过了浦口，便被称为新安江。入浙之后入乡随俗再改几次名，如桐江、富春江，最终以钱塘江的名义掀起一片天地之间最雄壮的大潮，汇入东海。

汪直墓前，我向着浙江下游眺望，努力想象着江水的尽头那片无边无际的蓝色，同时思索着胡宗宪与汪直这对冤家。

他们顺着同一条江，看到了同一片海；然而面对同一片蓝色，两位徽州人却分道扬镳：一个想要压住汹涌的海涛，另一个却发誓掀起更大的浪潮。

临刑前，汪直仰天高呼"吾何罪？吾何罪？"而狱中的胡宗宪，临终也留下了这样的绝命诗："宝剑埋冤狱，忠魂绕白云。"直至生命最后一刻，他们都坚信自己的一生没有做错。

汪胡之间的恩怨我不想再做深究。真正令我遗憾的，是对汪直简单而粗暴的镇压令明王朝失去了一次飞跃的机会。汪直在日本的成功，其实已经证明，徽人除了骆驼，还能成长为鲸鱼；而徽州蛛网般的水系，也曾有机会通过新安江源源不断地汲取海洋的营养，最终像一片叶子汁液饱满、昂然竖立,成为推动中国这艘古老大船驶向海洋时代的巨帆。如同系在山海之间的一根琴弦,新安江水也完全有可能在中国腹地弹奏出一阕回肠荡气的海水天风之曲。

然而对历史的任何假设都是徒劳的。

"中国法度森严,动辄触禁,孰与海外乎逍遥哉!"

或许,我们不必在汪直身上寻求更深的意义。他最初的想法,很可能只是一种重压之下本能的逃避,抑或说,在千军万马的独木桥外另辟一条新的生路。

"生在徽州,前世不修;十五六岁,往外一丢。"这其实曾是"七山一水二分田"、缺少田园的徽州人共同的理想。

在汪直之前,外出经商已成为徽人最传统的产业,并且具有了全国性的影响力。而徽商看似长袖善舞,实际上却把同乡朱熹奉为精神领袖,即所谓"贾而好儒"。这种儒贾结合的心态有效地帮助徽人制订了一套必要而合理的规范,在徽商成长阶段极其有益。然而毋庸置疑,当壮大到一定程度时,朱熹过于强调约束的理学,反过来对徽商的发展形成了阻碍。

其实一直有人试图跳出朱熹留下的紧箍,试图为徽州寻求新的突破方式。汪直不过是其中走得较远的一位罢了。

两百年后,另一位著名的徽州人戴震,可以说也是汪直的同志。从哲学的角度,他对朱熹的理学进行了严厉批判,尤其针对其禁锢人性的伦理观,戴震发出了惊世骇俗的言论:"人类的一切作为都是出于欲望,没有欲望,哪来的作为?所谓的道德,就在于欲望感情能够得到合理的满足;推而广之,如果所有人的欲望感情都能满足,这天下也就尽善尽美了!"

然而并没有多少人理会这位到死也没考中进士的老举人的沉痛呐喊。与排斥海洋的紫禁城一样,徽州也因无法抗拒过于强大的惯性而生硬地扭转方向。

随着"汪"字左边的三滴水黯然坠地,连接海洋的蓝色琴弦铿然断裂;而被铁锚牢牢钉死的徽州,在之后几百年间,逐渐苍老、干瘪,直至萎缩成一片枯叶。

我在徽州的最后一程,是从柘林出发,循着当年汪直的路线由水路离开徽州。

歙县而浦口,浦口而深渡,这段长约百里的水道号称"山水画廊",两岸青山、老镇、码头、古樟,的确像是一轴展之不尽的水墨长卷。在歙县东南三十一公里处的深渡镇,我换乘了顺流而下、驶向浙江淳安的渡船。

无论是经商、求学,还是做官,新安江都是往返徽州最重要的通道。一路上,我尝试着将自己想象成第一次离开家乡的汪直，尝试着用他的视角，来观察这条与徽州同名的大江。

按照徽州一般习俗，那年汪直大概是十五六岁，读过几年私塾，出门前刚举办完婚礼……

他们的行囊通常都很简单，不外是几件换洗衣裳，几块充当干粮的米果，几两散碎银子，一根捆绑杂物的长绳——当然，山穷水尽时也可以用来吊死自己，以及一把雨伞，很可能还有一只算盘——这个商人标志性的道具令我想起了一个人，一个与汪直同时代的商人，程大位。某种意义上，他也像汪直一样，将自己的影响，播散到了海洋。

程大位的前半生，与别的徽商并没有太大的不同。但在四十岁那年，他却突然做出了一个奇怪的决定：结束全部生意回到家中，潜心研究起了珠算。二十年后，他完成了一部十七卷的《算法统宗》，成为东方古代珠算集大成的经典。明朝末年，这部著作被译成日文，开创日本"和算"之先河，而他本人，也被日本人尊为"算圣"，在日本每年都会有纪念他的隆重活动。

从现存的宅子看，程大位的后半生过得并不富裕。只是谁也无法说清究竟是什么原因，让他放弃所有而埋首于一排排冰冷的算珠之间。不过我注意到，正是在隆庆帝为胡宗宪平反的那年，他回到了家乡。

当然，我并不认为程大位弃商与胡宗宪有什么联系。我只是隐隐感觉到，将数字与计算从纷纭人间独立出来，再没有恩怨纠缠，再没有成败利弊，抽离成一种纯粹的思维演练，对于徽州，对于中国，与汪直一样耐人寻味。

那个年代的火枪与算珠，为何只能在异国他乡发出引领时代的声音？

遐想间，渡船突然长声轰鸣，抬眼望去，水阔山远，已然驶入了千岛湖。

于徽人而言，进入千岛湖，也就意味着出了新安。

如此想来，耳畔恍惚听得噼啪一声脆响，像是某行算珠被拨回了原位。

停摆江南

浙江·松阳

我是傍晚4点到达松阳的，但车站楼顶的大钟，显示的却是12点25分。

或者说，是9点整——那是一个正方形的四面钟，在出站口，我能够同时看到这座钟的两面，各自固定在不同的时间。

我第一次来松阳，是在十年前。那时这座钟的指针就已经停在了现在的位置。松阳人说，钟楼停摆的时间应该还要久远，久远到几乎已经没人能够记清最后一次准确计时是在什么时候了。

车站与一座凝固的钟，多次来到松阳之后，我越来越感觉这个组合意味深长——在一个进出城市最主要，也是最需要守时的场所，这座停摆的钟楼，似乎向所有的外人暗示，在这座城市，时间，其实并不重要。

事实上，十年前，松阳给我的第一印象，就是一种时间的停滞。

我说的不是指松阳的繁华。它同样车水马龙，霓虹闪烁。令我惊叹的是，就在松阳的市中心西屏镇，竟然还保存着一套完整的老街。

是的，是一套，我没有说错。

更确切地说，这是一座由多条老街纵横交织而成、镶嵌在新城腹地的"城中之城"。

踏上老街,我的反应就像哈利·波特第一次从伦敦闹市来到了对角巷,似乎还能听见魔杖敲击墙面发出的砖块翻滚的声音。

的确像是魔法。楼宇、潮店、名车、红绿灯、广告屏、垃圾桶……松阳的街景,与其他城市并没有多大区别。但只要随意在高楼的缝隙间找条小巷,往里走几步,场景便发生了本质的变化。

一个不同世纪的世界梦幻般出现在柏油路的尽头。

我看到了赤膊的汉子抡锤打铁;鼻梁架着花镜的老者凝神钉秤;墙角堆着碎发的理发店里,丰腴的妇人在一条油亮的长牛皮上磨着剃刀;馄饨刚下锅,杉木锅盖飘在汤里旋转着,老板满面油光,一手操勺,另一手往空碗里撒着葱花,身上的蓝中山装旧而皱,且明显大了一号;草药铺的三面墙上,都挂着晒干的植物,灰蒙蒙的柜台上摊着一本同样灰蒙蒙的卷边药书;画廊门口挂满大大小小的镜框,杂在黑白老人像中间的领袖神情严肃;算卦摊上空无一人,边上埋头棋盘的两位老汉不知哪位才是摊主,他们的膝下,一条黄狗伏着打盹。

街头的杂货铺有编成串的草鞋,未上漆的马桶,柴火灶上用的铜汤肠，压粉丝的白铁漏勺，带竹壳的热水壶，搪瓷的痰盂，丝瓜筋剪的搓澡条，以及蓑衣、箬帽、解放鞋、镰刀、锄头、雨衣、手电筒。

一家卖花圈的小店，兼营寿衣和骨灰盒，橱窗上贴着"这里才是你永恒的家"。斜对面的青砖墙上，手写着"兽医"二字，下面是一行歪歪扭扭的电话号码。

我还看到了绷棕床、弹棉絮、配钥匙、裱字画、修钟表、米店、布店、鞋店、邮局、照相馆、拉面店、医馆、锡箔店……

站在不足三米宽的街心，我神情恍惚，感觉到倒流的岁月汹涌而来。

松阳人称，西屏老街有两公里长，是目前浙江省保存最完整的明清商业街区。

说实话，三四十年前，这样一种石板铺路、两层泥木混建老房子组成的传统街道并不稀奇，在浙江几乎每个县城都可以见到。然而，现在，如此规模的老街，确实是绝无仅有了。

更难得的是，松阳这条老街，依旧跳动着脉搏。

我见到的铁匠炉里生着炭火，理发店门口烧着开水，杂货铺前有主顾在掂量还价，低矮的阁楼檐下晾晒着腊肠。

与绝大多数已被辟为旅游景点的老街不同,西屏老街的存在,没有任何表演的成分。它坚守的还是固有的生活方式,而不是取媚于游客,这从老街上空各种凌乱的缆线与家家户户门口裸露的电表就可以得到证明。

这是一条仍然活着的老街,而不是一个刻意装扮的标本。青石街直通柏油路。松阳人的前世今生,居然可以无缝对接。

除了老街,还有老村。

以区区一县之域,松阳竟保留了上百个格局完整的明清古村,其中列入"中国传统村落名录"的便有七十一个。

近年以来,因为原生态的老街与老村,松阳越来越受到外界关注。《中国国家地理》杂志甚至将其誉为"最后的江南秘境"。

人们往往将此归结于松阳的地理位置,认为是因为地处偏僻,信息相对闭塞,与通衢大邑和沿海经济发达地区相比,城市发展必然滞后,却也因此有幸保住了众多传统建筑。

我总觉得这并不是唯一的理由。

杨家堂、酉田、山下阳、界首……每次来松阳,松阳的朋友鲁晓敏都会带我去一个不同的古村参观。这些古村有的风水精妙,有的建筑独特,有的雕琢细致,各有各的特色。而在这些形形色色的古村中,我发现有一个共同的物象反复出现。它的造型相当诡异,甚至不无邪恶,我从来没在其他地方看到过类似的东西。

当我得知这样东西的来历后,终于意识到,或许这份诡异,便是探寻松阳在时间洪流中坚守自我的线索。

乍看之下,这只是一幅常见的虎画,就像从前大户人家很喜欢挂在中堂的那种。

不过仔细观察,画中的老虎虽然威武,但神色间充满了痛苦。更奇怪的是,虽然虎占了画面的主体,但虎头之上还盘踞着一只奇怪的小动物,狮不像狮,虎不像虎。虽然体型悬殊,但这个小动物显然占尽了上风,锋利的爪子牢牢按着虎头,血口獠牙,狰狞无比。

这个小动物名叫"犷",但并不是现实中的犷狼,而是一种犷、龙、虎、狮的综合变体,形态夸张,强调其凶狠残暴。

这种画称为"犷画",而供奉"犷画"是松阳独一无二的风俗,至少已经延续了一千多年。松阳人在遇到家人久病不愈、牲畜离奇死亡等一些不顺心的状况时,便怀疑有鬼怪作祟,都会请上一幅"犷画",悬挂在家门口或房梁上驱邪。

松阳人请"豺画"还有一套隆重的仪式：请画的人家必须事先吃斋一个月；请画当天，"豺画"不能见到天日，必须包裹严密夜里悄悄拿到家中；请回家后，主人焚香祈祷，有条件的还要请法师念经，做道场。

而画"豺画"的画师，除了画艺出众，还必须懂些巫术。每张画都要挑选时辰开光，即用朱砂点睛，念咒画符后才算完工。

"豺画"本质上是一种民间的巫画。但以被归为恶兽的"豺"，而不是有吉祥寓意的"虎"作为驱邪的主体，即"以邪压邪"，却是绝无仅有的——"以邪压邪"，对人性的理解绝对要比通常的"以正压邪"更深刻，也更多保留了巫术道德修饰之前的原始面貌。

在松阳，这种带有洪荒气息的古老传承，并不仅限于"豺画"，还有松阳高腔，一个被称为"中国戏曲活化石"的古老剧种。

1998年，浙江省文化厅举行了一次少数剧种交流会演，松阳高腔也在其中。

松阳高腔的表演获得了巨大的成功。不过，更令人们惊叹的是，这居然是一个业余剧团，更确切说，登台的都是生活在海拔975米高山之上的村民。同一只粗糙的手,放下锄头拿起描笔,竟也得心应手。

> 演员化妆得较简单,除净角、丑角画脸谱外,其他角色均以水粉,胭脂淡妆;演员服饰古朴,除神仙、帝王将相的服饰比较艳丽外,其他角色都很简朴;表演上,古朴原始,有汉代"傩舞"的遗迹。
>
> ——《松阳高腔音乐与研究》

他们演的是包公。松阳高腔中,包公的脸谱极为特殊,额头的月亮要对应天象,每月的三旬各不相同:上旬左半月,下旬右半月,中旬画圆月。

随着一抹银白捺向黝黑的皮肤,满脸褶皱霎时舒展,一双黯淡的眼中蓦然精光四射。重重一跺脚,一股来自草莽的杀气笼罩了整个舞台。

巫画与高腔,都隐隐约约指向同一个人。

第一次到松阳,我就听说了那个名字。而在我之后的游历中,越来越感觉到他的影响无处不在。甚至可以说,有关松阳的一切,或多或少,都与他有关。

唐朝道士叶法善。

在民间，巫术与道教，原本难以厘清。而松阳高腔，也直接渊源于道教音乐，直到今天，"打醮""捏诀""点罡步"等道教法仪还是高腔表演的重要形式，很多人干脆把叶法善当作松阳高腔的创始人。

还有松阳特有的端午茶。说是茶，其实只是一些山野草药，并没有茶叶。据说也是当年叶法善亲自斟酌配伍的，能调和阴阳、清暑理气，古时还多次化解了瘟疫——早年间，入了松阳境，每一座驿站、凉亭，再偏远再破败也少不了在显眼处放一口陶缸，满盛了端午茶，任路人饮用。

提起叶法善，松阳人很自豪。他们有理由骄傲：叶法善一口气做了大唐五朝皇帝的天师，还曾经带着唐明皇登天，到月宫游了一趟——《霓裳羽衣曲》便是明皇此行偷录，带下凡间的。

史书记得真切，标志着大唐盛世达到顶峰的"开元"年号，便是叶法善取的。在《旧唐书·方伎传》中，他的位置甚至还排在玄奘前面。

可是一千多年后回头再看，这位叶天师却显得相当寂寞——在今天，浙西南之外，已经很少有人还记得他的名字了。

一般认为,这种冷落与叶法善没有著作存世有关。不过,对此松阳人另有解释:这是他们的一大遗憾,因为天师当初与张果老斗法时,状态不佳输了一招,失去了名列八仙的机会,从此名号再也难以打响。

不过,我始终觉得这个故事并没有说出全部真相。我甚至经常猜测,如果确实有过那次斗法,叶法善真的是技不如人,无可奈何地败下阵来吗?

启发我这样想的,便是那杯端午茶。

"端午",第一次接触,松阳人为这种草药茶取的名字便令我感觉意味深长。当然,他们会解释说,不过是端午时节草药最多,随口称呼罢了。可我总觉得这个名称有意无意在暗示着什么。

端午并不是个好节,古人将其视作正邪搏杀的恶日,应节的龙舟、屈原、钟馗,全是激烈亢奋的,甚至当令的植物,如艾叶、菖蒲,也都气息浓郁,霸道泼辣。

但我喝到的端午茶,却色浅味淡,极为柔和。

调配出端午茶的叶法善,大概与张果老一派修的原本就是不同路数——传说中八仙都好酒,喝多了喜欢翻江倒海,有套拳术就叫"醉八仙"。他们想必是喝不惯这种寡淡的茶水的。

我还去过叶法善修炼道术的卯山,却只看到一座普普通通的小山包,没有奇峰怪石,没有激流飞瀑,山势低矮平缓,像极了一口倒扣的碗。

我越来越想知道,从这样的土山上下来的叶法善,对于时间的理解。

叶张斗法,虽然是传说,但也有几分根据。张果老确有其人,也确实与叶法善同时代。他经常变些真真假假的戏法,还自称做过尧帝的侍中,少说也有三千多岁,哄得皇帝晕头转向诚惶诚恐。

正史记载,叶法善却经常大煞风景。比如高宗曾下令广召天下方士,准备合炼神丹,以求长生不老。法善却竭力劝谏,说人寿自有天数,不可强求,炼丹不仅劳民伤财,对人体还有害无益。皇帝一团兴头,被他浇了个透心凉。

三千岁与人寿不可强求,张叶二人,究竟谁才更接近道的真谛?

我不懂道术,但读过道家。无论老子、庄子,还是列子,都认为时间不过是一种虚幻的感觉,长和短在终极意义上并没有本质区别。执意追求神通与永恒,正如刻舟求剑,往往只能沦为笑柄。

在叶法善的卯山上,我想起了《老子》里的一句话:

"夫唯不争,故天下莫能与之争。"

那一刻,我终于有些读懂了这座古城。

这方水土秉承的深厚道家气质,令我隐约触摸到了松阳抵御时间消融的最大奥秘。

只是将这一切都归结于叶法善的遗教,显然有失偏颇。因果或许还得往前倒推。叶法善出在松阳大概不是偶然的。

松阳四面环山,中央平坦,属于盆地地貌——在卫星图上看,这个略显收腰的狭长凹陷,像极了一个踩在浙西南的脚印。松阳北去,仅仅隔着一道山岭,便是由浙西斜向浙中的金衢盆地。

金衢盆地属于钱塘江流域,而松阳境内的主要河流都属于瓯江水系。瓯江与钱塘江两大水系分水于松阳县域西北角的界首。正如被称为"最后的江南",松阳所在的浙西南,其实已经是江南文化圈的边缘。

我曾经沿着钱塘江,从源头走到入海口。我发觉,所谓江南,并不只有小桥流水和杏花春雨;抑或说,吴侬软语与烟视媚行,只是江南的一面。至少,除了早已为人所熟知的"太湖的江南",还有一个"钱塘江的江南"。

而钱塘江流域,给我最深刻的感觉,除了超越于纬度的硬朗，还有一种少加雕琢的简素。

而这种简素在松阳表现得更加明显。钱塘江中上游的浙中也有一些古村，尤以东阳的卢宅、浦江的江南第一家、兰溪的诸葛八卦村最为出名。这几处古村，或富或贵，都有一种自命不凡的倨傲。但松阳无论老街还是老村，状态都十分朴实，甚至有些低调。

当然，这同样可以归结于从苏杭到金衢再到松阳，无论经济、文化还是交通条件，都在阶梯状下降。不过，我更愿意把这个过程，理解成某种还原：一次从太湖平原开始，对于修饰与雕琢的还原。

如果将江南比喻成美女，那么，在我想象中，环太湖一带是她展示自我的主舞台，聚光灯下，她必须锦衣艳妆。而从太湖开始的一路南延，也就是她退回幕后，逐步卸却装扮的过程。

由苏到杭，由杭到金衢，再由金衢到松阳——金衢与松阳两个盆地，不正是清洗残妆的两个水盘吗？

两次漂洗，两次沉淀。到了松阳，一爿江南终于铅华尽洗，素面朝天。

越是本色，便越接近本真。

我猜想，当初叶法善在卯山修炼的，大概就是这种大道至朴的混沌元气吧。

任何一种朴素都是简单的。而无论什么东西，越是简单，就越不容易毁坏，正如老街，正如老村，正如叶法善。

正如松阳。

我又想起了车站楼顶的那座钟。现在我越来越怀疑它其实从来就没有坏过。像一个进入禅定的修道者，在过去的数十年间，它只是沉浸在了自己的时空。

在它的世界里，我们遵循的，才是错误的时间。

雪原之下

吉林·农安、白城、集安、珲春等

大兴安岭

小兴安岭

长白山脉

山海关

北京

我几乎是与一团雪云同时抵达吉林的。

如果以南方观光客的身份,这场雪,无疑能够满足我关于雪国、关于林海的所有想象。但作为一个习惯于核对时空坐标的文史作者,这场雪却极大地增加了我观察这个东北腹地省份的难度。

白茫茫大地真干净。某种程度上可以说,这场雪收缴了我的导游图。

雪后的吉林,丰满而宁静。松软的雪层,填平了这片土地大部分的锋芒抑或残缺。而那些被掩盖的锋芒与残缺,原本正是我预定的路标。

冰雪下的荒垣、断壁、矮堞、柱础、残砖、碎瓦……

因为我此行探访的,是一片久被遗忘的废墟。

我的导游图,其实是一张吉林省的古城分布图。这张图曾经给我带来不小的震撼。因为它明确告知,吉林,这个面积不过十九万平方公里、被很多人误以为文化疏薄的省份,现已查明的大小古城遗址,至少有411处。

而今天的吉林,省会长春之外,辖八个地级市,一个自治州,总共约有60余个县市区。

这两组数据的对比,令我在之后的行走中,每一步都无比谨慎。我告诉自己,无论街衢还是旷野,白雪之下,任何一个弧度，都有可能对应一段古老的城墙，甚至，随意的一次落脚，我都可能踩在某座废弃的宫殿顶上。

当然，密集的古城分布，也令我短短十天的行程规划压力巨大。最终，我选择了一个最具中原视角、最为人熟知的角度进入。

"直抵黄龙府，与诸君痛饮尔！"

八百多年前，岳飞主持的那次北伐，在一句痛饮于黄龙中达到了高潮。黄龙府，也因此在汉人中妇孺皆知，几乎成为北方胡族巢穴的代名词。

在当代的行政图上，黄龙府的所在地被称为农安，为省会长春所辖，松辽平原腹地的一个县。

根据考古报告，黄龙府古城周长3840米，尚存门址残迹七处。不过，金元之后，黄龙府一度荒废为蒙古族的游牧地，我在农安能够看到的，只有屹立在闹市区，一座八角13层44米高的砖砌实心古塔。该塔建造于十世纪末十一世纪初，是吉林省内现今保存最完整的辽代遗迹。

这座辽塔见证过黄龙府的辉煌：由于扼控着松花江两岸和南北交通的咽喉，这座关东重镇被辽人称为"西寨"。"东楼西寨"，是辽人对国内最重要的两座城市的别称。"东楼"指皇帝居住的上京临潢府，"西寨"指的就是黄龙府。

岳飞抗击的是夺取了辽人基业的金。然而，辽，同样不是黄龙府最初的建造者。《辽史》载："黄龙府本渤海扶余府，太祖（耶律阿保机）平渤海，还至此崩，有黄龙见，更名。"

甚至连渤海国也只是继承者：夫余府的原名，足以将这座古城的历史再前推千年。夫余，我国东北地区第一个由少数民族建立的政权，于公元前二世纪立国，历时约六百年；鼎盛之时，疆域方圆达到两千多里，直接与长城接壤。而传统认为，从建造之初的公元前12年，到公元494年降于高句丽，五百余年间，夫余国的王城，便是黄龙府。

当然，近些年，也有一些学者指出，夫余国这一时期的首府，亦即后期王城更有可能是在数百里外的辽源。类似的争论其实在很多东北古城遗址的断代中并不少见，而学者们艰难烦琐的梳理过程，已经令我发现，这片黑土地的土层，远比我想象的要深厚许多。我们从岳飞口中得知的黄龙府，只不过是一座古城漫长历史中的短暂一截。金、辽、渤海、高句丽、夫余……辽塔塔底，一层又一层，叠压着无数古国的遗蜕。

这片土地的厚重，其实并不逊色于我所居住的江南。

这样的比较，令我在农安的辽塔下想起了西湖边的岳坟。

"直抵黄龙府，与诸君痛饮尔！"

余音尚且绕梁，王师却已黯然南还。

且不必细究岳飞北伐功亏一篑的是是非非，偶然中往往隐藏着必然。且问一句，历朝历代，又有哪一支来自中原的军队，将汉家旗帜插上过黄龙府的城头？

这样一个现实，其实一直在被很多人有意无意地回避：数千年来，东北，实际上大部分时期都对中原采取着攻势，很少有中原王朝能够真正控制东北。

得克萨斯州的一场飓风，源头或许只是遥远的亚马孙雨林中，某只蝴蝶的翅膀开合。农安街头，我忽然意识到，东北，其实就相当于中原的亚马孙雨林。虽然这里不是中国历史的主舞台，但正如多米诺游戏的第一张骨牌，它的每一次摇晃，往往都有可能引发数千里外的剧烈震动，而它的倾倒，更是可能直接改变整部中华史，乃至东亚史的全盘走势。

无论在历史还是文化上，东北的意义都应该被重新审视。

同样的热量，聚成一座火山，或散为遍地温泉，在世人眼中，前者远比后者令人印象深刻。

东北民族林立，轮流崛起。而每个部族的兴起，都像一次汹涌的浪潮，冲刷过整片大地。除了争霸时的兵火破坏，也由于民族习俗常有不同，胜出者往往会废弃前人苦心经营的基业，在空白处另起炉灶。这与中原文明基本以几大古都为中心，历代王朝先后叠加不同，东北的文明，呈现出一种平铺散发的状态。

而就像散落一地的舍利子，东北各个部族政权遗下的一座座古城，正构成了这片平铺的古老文明最直观的年轮。

看似杂乱无章，其实这些古城的分布也有规律。如白城市博物馆原馆长宋德辉先生，就如此概括作为东北核心的吉林省境内的四百多座古城：

> 简单说吉林省的古城从东南到西北，呈现着早期、中期、晚期的分布格局：除四平南部的战国时期城址以外，东南部建城时间较早，基本与汉朝相始终；中部建城时间居中，基本与唐朝相始终；西部建城较晚，大致与辽、金、元、明中期相始终。

据此，我为自己制订了下一步的行走计划。根据夫余之后的时间线索，择取适当遗迹，对之后两千余年间吉林省的主要几个文化带：高句丽、渤海国、辽、金、清，做一次浮光掠影式的探访。

通过一座座古城的接力，我将从吉林的前世，一直走到今生。

夫余建国的百余年后，他们的一位王子，因为智勇双全而遭到嫉恨，被迫出逃避祸，逃到了汉设玄菟郡下辖的高句丽县境内。不久之后，大概是在公元前37年，这位名叫朱蒙的二十二岁年轻人，在今天辽宁桓仁的五女山城立都，建立了自己的政权。多年以后，他被高句丽人奉为始祖，称为"东明圣王"。

当时没有人会相信，这个流亡者创立的微小国家，很快就将成长为整个东北最大的霸主，甚至一度还能与中原王朝抗衡，抵挡住倾国而来的兵锋。

朱蒙去世之前，高句丽政权便已经初具规模，统一了附近大大小小的部落。经过数百年开疆拓土，到了隋代，高句丽的国力终于达到了极盛：疆域西抵辽河流域，北达辉发河、第二松花江流域，东部濒临日本海，南部已跨过大同江，直抵汉江北岸，连历来由中原政权直接管辖的辽东地区，都被其渐次吞并。

卧榻之侧，岂容他人鼾睡。高句丽锋芒毕露的扩张，终于引起了中原政权的警惕。每一位有作为的君主，都筹划着对它的打击，其中包括隋炀帝与唐太宗。这两位都是极其强悍的统治者，尤其是唐太宗，文治武功古今罕有，堪称中国历史上最伟大的君王。然而，偏处一隅的高句丽，却令这两位雄主都黯然神伤。

隋炀帝先后三次亲征高句丽，只落得伤亡数百万，国力耗竭，民变四起，最终为此身亡国灭。唐太宗也对高句丽进行了三次征伐，但他同样未能创造奇迹，虽未惨败，但也没占多少便宜，还折损了不少人马。回师途中，这位之前几乎战无不胜的皇帝甚至因为当初没有人能够劝阻他而悔叹不已："魏徵如果还在，是绝不会让我有这次行动的。"

吉林省东南部山区曾是高句丽的重要活动地区，今天，中国境内的高句丽王城（3座）、王陵（14处）及贵族墓葬（26座）被确定为世界文化遗产，而其中除了五女山城遗址在辽宁桓仁，其余均位于吉林东南角、素有"东北小江南"之誉的集安市。

进集安城之前，我首先去看了郊区的好太王碑。这块高6.39米、用一整块火山岩修凿而成的巨碑，重达37吨，是我国现存最大的石碑之一，被誉为"海东第一古碑"。

这是一块立于公元414年的纪功碑，碑主是高句丽的第十九代王，好太王高安。高安18岁即位，一生东征西讨，在位22年期间是高句丽国力空前发展的时期。碑身四面环刻，共撰有1775个汉字，是现存最早、文字最多的高句丽考古史料，堪称名副其实的国宝。

由于碑体严重风化，碑文剥蚀，我并不能通读上面的文字。但我知道，在那块暗青色的碑身上，一定能够找到"平壤"二字。因为出发之前，我读过一篇论文，作者经过细致考证，认为"平壤"一词，最初之本义，并不是具体地名，而是泛指平原之地。他继而推断，好太王碑中的"平壤城"，也就是历史上的第一个平壤城，并不在今天的朝鲜半岛，而在中国吉林的集安。

"大野曰平，无块曰壤。"作为鸭绿江中游地区最大的一块平地，集安依山临水，的确是非常理想的聚居地。而集安最重要的高句丽古城，当属考古界所称的"国内城"。公元3年，高句丽迁都于此，直到公元427年移都平壤，425年间，"国内城"一直是高句丽的国都。

我是坐着集安朋友的路虎车横穿国内城的。就像被大环套住的小环，高句丽的王城已经彻底地楔入了今天的集安市。行走在集安街头，不经意间，就能在某个拐角看到一截斑驳的残墙，我还见过其中一段伸入了某个居民小区。

车水马龙。两种相隔一千多年的繁华，就这样在我眼前精准重叠。但我也知道，高句丽的王城，往往都有两张面孔。一张安详舒缓，另一张紧张严肃。

因为考古发现，大多数高句丽古城，都不是单独建造。尤其是像"国内城"这样，建在平地上的都城，附近必定都有一个或者数个山城作为军事防卫，彼此依附呼应，危急时候还能互为都城，这也是世界王都建筑史上极为特殊的复合模式。

与"国内城"相距五里，集安城北的禹山上，便是与"国内城"配套的丸都山城。根据资料，禹山海拔767米，丸都山城最高处海拔则为676米。但没到腿肚的积雪，令我这样缺少野外经验的南方人在山脚止步。

遥遥望去，我只能看到山腰有一道类似于长城的城墙绵延而上。那座周长将近七千米、略呈椭圆形的大型城堡，以及城堡中围绕着宫殿设置的瓮门、瞭望台、蓄水池、戍卒驻扎区，就在城墙后面。环山为屏，山腹为宫，谷口为门，易守难攻且又宽敞开阔。尽管未能登上山城，但仅在山脚，我就能从丸都山城的选址感受到高句丽人精妙的山地攻防战术。

这座杀机隐然的山城令我想起了名将高仙芝。这位唐玄宗时的安西节度使,便是高句丽人。高仙芝擅长长途奔袭,尤其以高超的山地行军艺术著称,多次率领部众翻越帕米尔高原远征,创造了世界军事史上的奇迹,被誉为"山地之王"。20世纪初,英国人斯坦因,那位著名的"敦煌大盗",也是那个时代著名的考古学家、探险家,在勘察高仙芝的行军路线时,仍感觉心惊肉跳,不由得大为惊叹:"中国这位勇敢的将军,行军所经,惊险困难,比起欧洲名将,从汉尼拔到拿破仑,到苏沃洛夫,他们之翻越阿尔卑斯山,真不知超过多少倍。"

在这位山城走出的高句丽人的经营下,大唐的西域达到了极盛。我忽然意识到,帝国极东的战术,在帝国的极西大放异彩,高仙芝,或者说大唐的成功,能否理解为一种精血贯通的必然?

我又记起了吉林省的地形:由东南向西北倾斜,呈现明显的东南高、西北低的特征——如果将东南的长白山山地比附为青藏高原,中西部的台地以及松嫩平原比附为中原,西北水系充沛的白城一带比附为江南,作为东北中心的吉林省不正好就像整个中国的微型镜像吗?

公元666年，高宗以李勣为帅，海陆并进征高句丽，于公元668年9月攻克平壤。高句丽王出降，唐于其地置九都督府，四十一州，一百县，设安东都护府以统之。高句丽贵族以及数十万百姓被迁入中原，高仙芝的先人应该也在其中。

自西汉立国，到唐高宗时亡国，高句丽传承二十八王，共存在七百余年。虽然未能统御四海，但其历时之久，除了周朝，没有任何一个王朝可与之相比。无论两汉还是魏晋，在高句丽旁观的冷眼中，都只是匆匆的过客。

在山脚仰望丸都山城，我隐约感受到了一个古民族历经千年的倨傲。

我们在珲春郊外迷了路。导航把我们带到了一座煤矿，甚至一度让我们的车在城乡公路上来回掉头。

最终，资料上一行字，"位于珲春市国营良种场内"，终于让我们接近了目标。但进入良种场后，触目所及，只是大片大片的农田。珲春近海，地气较暖，雪层不如我在别处看到的那么厚，很多枯草与玉米残秸裸露在外，更添了几分萧瑟。

是一块倒在路侧的桥柱上的铭文提醒我们接近了目的地。随即我们在附近的田地中央找到了文保碑。

开春之后，石碑很快就会被越来越深的绿色所遮掩。纵然是专业的考古人员，似乎也不容易分辨这块玉米地有什么不同。不过，我知道，就在眼前，曾经屹立过渤海国的一座王都。

渤海国，在高句丽末期崛起的新势力。其实，说"新"并不恰当，因为渤海是以靺鞨族为主体的政权，而靺鞨的族系，就是在先秦典籍中就已经出现的"肃慎"。

靺鞨部类繁多，其中最南的粟末部早在唐初就已归附唐王朝，到七世纪末，粟末靺鞨的首领大祚荣统一了其他各部，并于公元698年建国，自称"震国王"。后来唐玄宗封大祚荣为渤海郡王，加授渤海都督府都督，从此靺鞨政权就以渤海为国名。有学者考证，渤海传承十五王，共入都朝唐132次——虽然名为国，但渤海一直都在唐王朝中央政权的管辖下，属于大唐版图内的"国中之国"。鼎盛时期，渤海国跨据中国东北地区的大部、朝鲜半岛的东北及俄罗斯东海岸滨海地区，辖五京、十五府、六十二州，被《新唐书》称为"海东盛国"。

我在珲春寻找的八连城，便是渤海五京之一的东京龙原府。

城有四门,分别设置于各墙的中部。城墙外6米处有护城河遗迹……中轴线上建有主殿,筑于高台之上。高台东西长45米,南北宽30米,高2米,用河卵石和黄土夯筑而成……北部,即北区,位于宫殿区之北,俗称北大城。东西向,长方形,南墙长712米,北墙长其中四墙中部各有一门……八连城内出土的文物,有莲瓣纹瓦当、筒瓦、板瓦、指压纹和凤尾纹檐头板瓦、浮雕式牡丹纹和忍冬纹砖、绿釉琉璃瓦,以及戳印、刻划的文字瓦……

北风、夕阳、雪田、远山。考古报告的冷静文字竟也带上了几分苍凉。随着报告展开的想象,一座高仿的长安城在这玉米地里拔地而起。

外城内有五条宽阔笔直的大街。由内城正南门到外城正南门,有一条宽达88米的朱雀大街,把外城分成东西两区。这五条主要街道之间有纵横交错的街道,构成街坊里巷。

——陈青柏《唐代渤海国上京龙泉府遗址》

渤海国十分向往唐朝,大量吸收中原文化,连建都都仿照长安。比如五京中的上京龙泉府，外城周长三十五里，内城九里，宫城也有五里，规模将近长安城的三分之一，超过了日本奈良时代的平城京，在当时整个东亚也属于大型城市。八连城的东京龙原府，虽然不及上京，但同为王城，规模也可以想见。

白山黑水间，同样有着大唐气象。

渤海与唐的命运，已经紧紧联系在一起。公元907年，朱温逼唐哀帝禅位于己，唐亡。十九年后，契丹的大军攻入了上京，第十五代王大諲撰投降，渤海亡，立国229年。

八连城之后，我又去敦化探访了敖东城。某种意义上，这是整个渤海国的起点。因为这座古城被许多学者认为是由大祚荣所筑，乃是渤海国的第一个都城。

也只剩下了几个土堆，边上便是几个种菜的大棚。虽然在市区，但四下寂寥，了无人迹。同行的学者张福有先生，唏嘘之余，却认为渤海的发祥地更有可能在几十里外的官地镇岗子村。

大雪刚过。去岗子村的途中，我平生第一次经历了真正的雪地行车。当隐约的路痕也被彻底掩埋，我们只能踉踉跄跄踩着没膝的积雪艰难步行。

风声猎猎，雪原莽莽，眼中一派苍茫。这一刻，古城到底在哪里已经不重要，我心中只有一个念头：渤海国文风鼎盛，文臣武将多能吟诗，甚至还有一批即使放在唐人中也属出色的诗人。从良种场到蔬菜大棚，再到旷野荒山，他们若能眼见此情此景，又将会写出什么样的诗篇来凭吊这一座座故都名城呢？

我到白城那天是2月19日，农历正月二十三。

白城终于名副其实。昨天半夜开始下的雪，虽然小了一些，但仍未霁晴。高速封路，我们的车以慢速小心地行驶在乡道上。路面雪雾氤氲，就像有无数条细小的银蛇在车前疯狂旋舞，陪同的白城市博物馆原馆长宋德辉先生告诉我，这就是白毛风。他还说，这场雪，是白城市开年以来最大的一场。

我到白城，是为了寻找一座以"春"为名的宫殿。

如果倒退到十一世纪，每年的这个时间，我应该能够在白城冰冻的江面上看到大片金光闪耀的帐篷。还有可能遭遇一场隆重的仪式，仪式的高潮是在冰河中捕获第一条鱼——

> 虏主于凿透冰眼中，用绳钩掷鱼。既中，遂纵绳令鱼去，久之鱼倦，即曳绳出之，谓之得头鱼。头

鱼既得，遂相率去冰帐，于别帐作乐上寿。

——程大昌《演繁露》

一千年前，就在白城，有一个契丹人建立的帝国，每年正月都会以头鱼宴的形式，宣布春天的降临。

这就是辽王朝的"春捺钵"。"捺钵"，是契丹语的音译，意思是皇帝的行宫。

唐亡国之后，渤海国也因为腐化变得暮气沉沉，东北的统治力量出现了松懈。契丹，这个出自鲜卑别部的古老民族乘势而起。公元916年春天，契丹可汗耶律阿保机称帝，开创了一个与五代与北宋相始终，享国二百一十年的强大王朝。

在传统典籍上，辽是一个被严重低估的王朝。近些年有很多学者指出，公元十至十二世纪初的中国史，事实上可以视为宋、辽、西夏并峙的"后三国时代"。辽的国力丝毫不逊于宋，全盛时期疆域东到日本海，西至阿尔泰山，北到额尔古纳河、大兴安岭，南到河北省南部，五代时还一度攻占过后来成为北宋都城的开封。占据幽云十六州的辽，事实上国土已经伸入了中原，影响力甚至涵盖了西域大部，被很多中亚、西亚与东欧的国家视为唐之后的中国正统。而从众多辽代墓志中在国号前都冠有"大中央"或"南瞻部洲"的字样来看，至晚到辽道宗时，辽国也已经俨然以中国自居了。

不过，与渤海国虔心汉化有所不同，辽朝虽然也大量吸收中原文化，但也注重通过各种形式保存自己的传统文化。捺钵制便是其中之一。所谓捺钵制，意即辽朝的皇帝并不像中原王朝那样长年居守京城，而是四季各有行宫，巡回处理军国大事。捺钵制源于契丹人"秋冬违寒，春夏避暑"，随着季节和水草变化四时游徙渔猎的生活习俗，建国之后，春夏秋冬四时捺钵的主要地点逐渐固定下来，而春捺钵的所在，就在白城一带。

更准确地说，白城市洮北区德顺蒙古族乡古城村、洮儿河北岸的城四家子古城，就是辽于公元1022年设置的长春州，也是整个帝国春季的政治中心。

这曾经是一座繁华的都市，拥有宫殿、街道、商铺、酒楼、茶肆、作坊，以及戒备森严的节度使衙门和军营。虽然宋馆长耐心地向我一一指点着城墙、城门、角楼、瓮城、马面，但作为一个考古界的外行，我眼中的古城，只是纵横在雪地中的一些巨大土堆。

猎鱼人早已不在。我在风雪中，想象着这座辽代春宫曾经的春暖花开：河冰解冻之后，南飞避寒的各种鸟儿也将陆续回来，到那时，放飞海冬青猎捕天鹅，将成为辽人新一轮的狂欢。如同头鱼，辽帝也会为第一只被擒获的天鹅举行盛大的头鹅宴，参与宴会的，除了契丹的文臣武将，还有宋、夏等国的使节，也少不了东北各部族的酋长……

这样的联想提醒我，这座以"春"为名的古城，其实也见证了辽帝国最终的寒冬。

公元1112年的春捺钵上，辽主天祚帝当众侮辱了一个前来朝贡的部族首领。三年后，这位名叫完颜阿骨打的女真人，在今天的黑龙江省哈尔滨市阿城区南，一个也叫白城的地方建都立国，国号大金。对于国号，完颜阿骨打有过这样的解释："辽以镔铁为号，取其坚也。镔铁虽坚，终亦变坏，唯金不变不坏。"

开国的第十年，金灭辽。两年后，灭北宋，尽有淮河以北。西夏慑于兵威，向金奉表依附。"后三国"时代，就此转为金与南宋的"后南北朝时代"。

离开白城之后，我又去看了四平梨树县的偏脸城。

古城修建在一道东西走向、长达十公里的山岗上，距离城区只有四公里。站在残墙上，可以俯瞰整个梨树县。古城的四个方向都有高低不等的土垒，也就是当年的城墙，城墙两侧的斜坡上满是灌木杂草。除了城墙城门，还能看到干涸的护城河与坍塌的瓮城，以及圆形的角楼遗迹。

古城略呈方形，地势西北高而东南低，形如歪斜的人面，因此得了"偏脸城"这个有些戏谑的名号。其实，此城最早名为九百奚营，因地处交通要道，为南北往来的必经之地，而为辽金重镇。金灭宋时，被俘虏的徽、钦二帝，就曾被押解过此，并被囚于城中达两年之久。

宋与辽两朝的末代皇帝，钦宗与天祚帝，死于同一天。公元1156年六月，金主完颜亮命令56岁的宋钦宗和54岁的天祚帝比赛马球，钦宗跌落马背，被马蹄践踏而死；天祚帝企图纵马冲出重围逃命，也被乱箭射杀。

残酷的史实揭示着一个千年变局的开启。正如清代史家赵翼所云：自从唐开元天宝之后，中华气运便逐渐由西北转向东北。从"后三国"到"后南北朝"，一部中国史，再也不是中原一家独大，而是发出了多声部的呐喊。

站在"偏脸城"的角楼遗址上，我像从前的戍守军人那般极目北眺。我知道，无论是辽，还是金，其实都只是前奏。金元之后，经过暂时的休憩，东北即将奏出数千年来的最强乐章。

而这段乐章的第一个高潮，就击响在距离我只有几十里的某座山坡上。

"我叶赫氏就算只剩下一个女人,也要灭掉建州女真。"

四平市铁东区的叶赫古城上,对着一座圆形土丘,我耳畔反复回响着一句咬牙切齿的诅咒。

这其实是这座古城的城主金台石的一句遗言。那座土丘原本是一座建有亭楼的高台。当年,就是在这座高台上,他被后金大汗努尔哈赤绞杀。

金台石是海西女真叶赫部的首领,而四平的叶赫古城,则是叶赫部自明正德年间定居于此后的王城。公元1629年,努尔哈赤亲征,一举袭灭了叶赫,并纵火焚毁了古城。

从海西女真到东海女真,叶赫是最强也是最后一个对手。至此,建州女真部的努尔哈赤完全统一了女真。从这一刻起,越过叶赫城上空的焦焰,他的目光再不游离,森然投射到了山海关与紫禁城。

或许可以说,努尔哈赤延续的是完颜阿骨打的事业。蒙古铁骑天下无敌,公元1234年,在蒙古与南宋联手攻击下,立国一百二十年的金王朝终于力竭而亡。完颜部黯然谢幕。然而,蛰伏了三个世纪之后,几乎在原地,女真族的其他部族又强悍崛起。

努尔哈赤把自己建立的国号也定为金,历史似乎又将重演。不过,再度出击的女真人,已不满足于半壁江山。公元1635年,努尔哈赤的继承人皇太极,正式将族名改为"满洲",以此向天下宣告,这个古老的民族已经涅槃重生。

随着山海关城门的开启,一部中华帝国史,就此迎来了大一统的终章。

有清一代的恩恩怨怨,早已为人所熟知,在此我并不想多说。只是金台石的诅咒令我感慨不已。虽然不能将一个王朝的覆灭归咎于一个女人,但慈禧太后无疑是帝国进入海洋时代后最主要的舵手。而她,包括她的侄女、最终签署清帝退位协议的隆裕皇太后,都是叶赫族的后人。

不过,寻访叶赫古城的途中,我更多的感慨,还是这片曾经群雄逐鹿的杀戮之地,数百年后,居然变成了全国最肥美的农田。无论是农安的黄龙府,还是辽金"偏脸城"与明清叶赫城所处的四平一带,甚至整个吉林省,都已成为世界级的黄金玉米带。梨树更是著名的农业大县,粮食单产全国第一。放眼望去,阡陌纵横,沃野延展,即便是在雪后,也掩饰不住一种散发自泥土深处的丰腴。

这或许就是最直观意义上的沧海桑田吧。一方水土的气脉,或许真的有很多种表现方式。当年努尔哈赤抒发的,或许只是这片黑土地的其中一面。

叶赫城上,我想起了随行的摄影家邹志强先生给我看过的一张照片。叶赫城分为东西两城,分据叶赫河南北岸的山地,照片是在叶赫的西城拍的。照片中,我所在的东城云气氤氲,有一种神秘的气息。

邹先生告诉我,虽然距离市区很近,但叶赫城的小气候十分特别,花开的时间都会晚上十五天。而入夏之后,晨昏之际,即便是晴天,古城上空也经常会出现云遮雾绕的现象,与周围明显有别,但谁也解释不清原因。

从长春出发,农安、白城、四平、通化、集安、延吉、珲春、敦化。这次吉林省之行,我把终点放在了与省同名的这座古城。

某种意义上,吉林也应该是我此行的起点。因为夫余,这个两千两百年前东北地区第一个由少数民族建立的政权,第一个都城,便在今天吉林市龙潭山与东团山之间的岗地上。

作为整个东北最古老的少数民族军事要塞,龙潭山城依山傍水,山上为营寨,山下为民居,平时渔牧狩猎。每有战事,军民皆入山城,各扼其隘,易守而难攻。至今城内还有可储水近万立方的古蓄水池，也就是山名由来的"龙潭"。

事实上，龙潭山与东团山贯穿了大半部吉林史。这一带由于地形险要，夫余之后，高句丽、渤海时，都是军事重镇，发生过不少战争。

而现在古城所在的龙潭山，已经被开辟成了市民公园。我去时恰逢周末，雪后初晴，游人不少，情侣双双或者携家带口，还有很多人在山脚的雪地上放风筝。

同样被开辟成旅游景区的还有距离市区大概半小时车程的乌拉古城。与叶赫一样，属于海西女真的乌拉部也曾经是努尔哈赤最强悍的竞争对手，它比叶赫部早十六年被吞并。

积雪掩饰不住这个部族曾经的剽悍。乌拉古城两面近山，一面近水，正当吉林盆地北口和松花江要道，总面积达90万平方米。正对城门，有一四壁陡峭的土台，就是当地颇有名气的"白花公主点将台"。传说这个土台是乌拉部的白花公主所造，是她出征战前点将阅兵之地。

我无法考证出这位白花公主的来历。但我知道，当年，乌拉人围绕着这座高台，在城内修建过一座长方形的宫城，并赫然称为"紫禁城"。

作为努尔哈赤重要的养精蓄锐地，顺治皇帝定都北京后不久，便将此尊为"本朝发祥之圣地"，并封禁乌拉街方圆五百里。后来，又在此设立打牲衙门，负责向皇家供奉东北特产。

"紫禁城"的台址至今犹在。今天，这座乌拉部的王城，清王朝最重要的贡品基地，旷阔的城墙遗址已经被一个人气旺盛的满族风情小镇包围。"魁府"与"后府"，打牲衙门时代乌拉街最完整的建筑留存，更是直接与商铺民居为邻。而几公里外，便是著名的雾凇岛，每年冬天，都会有全国各地的摄影家千里迢迢赶来这里拍摄这种北国奇观。

金戈铁马的杀气早已消散。

乌拉火锅、东北杀猪菜、冻梨、打糕、烧烤，我眼中的乌拉街繁盛而安详。唯一令我感觉些许血腥的，是我在镇中心的几家肉摊上看到的猪头。我从来没有同时看到过这么多的猪头，每个摊位上都有一二十只，它们被整齐地摆设成列。

吉林的朋友告诉我，猪头是这几天最主要的商品。因为两天后，便是二月初二，而这边，有"二月二，吃猪头"的习俗。

我忽然意识到,就在我的行走中,正月已经到了尽头。

这场一路伴随的雪也已经开始融化。很快,这块冰封已久的大地便将露出本色。

后 记

校对书稿的时候，我才发现，这辑散文的写作，最早开始于2009年。

也就是说，书中收入的十二组古城，第一座与最后一座之间，隔了将近十年。

自序里，我将这本书的写作视为一次攻城略地的远征，那么这十二组古城，应该就是我的战果。如同围棋落子，我将它们的陆续就位，想象为文字帝国的不断拓展。然而，这十年的间隔却令我意识到，我的版图其实并不稳定。

前线不断推进的同时，我的后方却也在悄然沦陷。

这十年间，我都在不断行走，且经常会再次来到一些曾经书写过的城市。但每次故地重游，我几乎都能发现有所变化。固然，如西哲所云，"人不可能两次踏入同一条河流"，所有的一切本来就在不断变化中，谁也无法刻舟求剑。然而，我看到的，却是一座座城市个性的急剧流失。

以浙江松阳的明清老街为例,在我印象中,与其说它历史悠久建筑精致,不如说它的原生态更令我向往。这条长达两公里的街区,一直都按照传统模式生存,每家店铺都正常开门营业。剃头、采药、割松香、打铁、箍桶、钉秤,各种老行当日出而作日入而息。但最近这条街也开始了旅游开发。

对老街的开发,总会令我想起一位诗人朋友的亲身经历。他曾经漫游到一个古村,看到村口大树下坐着一位抽水烟的老者,神情悠然而恬淡,在夕阳里无比沧桑,便上前陪着抽了一会烟,还合了一张影。几年后,我的朋友又一次在此路过——这时这个村庄在旅游圈已经小有名气——惊喜地发现,那位老人居然还在树下抽烟。但等他激动地过去,想再次拍个照时,老人却用一只手挡住了镜头,用生涩的普通话说:五块钱。

青砖、白墙、旗幡、灯笼。正如那位老人,可以想见,用不了多久,老街的气质面貌便都会有本质的改变——从我内心,当然愿意看到一个凌乱而丰满、充斥着各种油腻的市井,但我也知道,这对其中的居民并不公平。他们对老街改造盼望了很多年。

但起码这还属于出于善意的、据说还是最原汁原味的保护。或是无知，或是有利，在"老城改造""城市更新"之类幌子下对古城进行的各种破坏，更是比比皆是。

不破不立。其实古往今来，所有的城市都一直在破旧立新，但蜕变的速度从未有当下这么迅猛，也没有当下这么明显的商业化与同质化趋势。

我忽然发觉，自己能做到的，只是描摹一帧帧正在消失的城池剪影——我笔下的古城，某种程度上只是镜花水月。

但或许也正因为如此，我的每一次攻城才更有意义：

至少，我相信，每一堵残墙的后面，都锢藏着一泓来不及流逝的时间。

2018/7/30 郑骁锋于浙江永康

山河万朵：中国人文地脉（南方卷）

作者：白郎
定价：68.00元

内容简介：每个人都是大地的一部分。大地之上绝无尺规，毁坏大地就是毁坏我们自己，对中国的拯救最终将来自大地。今天，在钢筋水泥和马赛克的挤压下，人们心中的故乡之火正在大面积熄灭，希望本书能为读者唤回一片野云，让更多的人在日月临身的感恩中，亲近脚下的大地。《山河万朵》(南方卷)以图文并茂的形式，优美流畅的语言，描述了中国南方江南、湖湘、巴蜀、岭南、云南五大区域的历史地理文化，生动形象地演绎了中国南方秀美、灵动的文化特色。

山河万朵：中国人文地脉（北方卷）

作者：白郎
定价：68.00元

内容简介：每个人都是大地的一部分。大地之上绝无尺规，毁坏大地就是毁坏我们自己，对中国的拯救最终将来自大地。今天，在钢筋水泥和马赛克的挤压下，人们心中的故乡之火正在大面积熄灭，希望本书能为读者唤回一片野云，让更多的人在日月临身的感恩中，亲近脚下的大地。《山河万朵》(北方卷)以图文并茂的形式，优美流畅的语言，描述了中国北方燕赵、齐鲁、西北、中原、三秦五大区域的历史地理文化，生动形象地演绎了中国北方沉稳、厚重的文化特色。

为客天涯·野河山

作者：郑骁锋
定价：52.00元

内容简介：在《野河山》这本散文集中，作者选取山东曲阜、陕西周原、垓下古战场、医巫闾山、运城盐池、南京鸡笼山、龙门石窟、京杭运河、无锡东林书院、舟山花鸟岛等十二个不同类型的古迹，挖掘在程式化的正统官史叙述之外，那些幽隐的更为鲜活的真实。

为客天涯·老江湖

作者：郑骁锋
定价：52.00元

内容简介：在《老江湖》这本散文集中，作者于长江、泾河、钱塘江、西湖等水系的大背景下，探索诸如梁山好汉、绍兴师爷、九姓渔民、不第秀才、闽赣客家、湘西苗人、江南矿工、丝路僧侣等具有民间抑或草莽意味的文化古迹，在江湖的浪涛中溯流而上，追寻那些封印许久的江湖行走。